U0093857
★只要將本頁沿線剪下，即可成為幫助記憶的「遮字卡」喔！

專為對西班牙語「**有興趣**」但「**沒基礎**」的你所設計，

從**單字**到**會話**、**文法**，有計畫地靠自己學習，

零基礎也能輕鬆地聽、說、使用西班牙語！

作者序

學習西班牙語最重要的第一步，就是「單字」。不論是會話、文法、寫作的基本能力，都需要單字建立良好的根基。在這本《自學沒問題！專為入門初學者寫的第一本西班牙語單字手冊》書中，將實際生活中經常使用的單字分為12種情境，再細分為81種不同主題。此外，本書也選出日常生活中的常用例句，以五個單字組成一個句子做練習，這些句子不僅可以練習單字，在生活中也能實際運用。

在每一單元結束後，可以透過各種遊戲檢測實力，並使用前面學習的例句，進行充滿臨場感的實戰會話練習。書中的單字、例句、會話皆提供音檔，建議大家可以同時練習聽、說、讀和寫。各位只要循序漸進記下每個單字，絕對能感受到自己的實力一天天不斷地提升。

各位學西班牙語的朋友們！和《自學沒問題！專為入門初學者寫的第一本西班牙語單字手冊》一起努力吧，只要好好使用這本書，你也能和西班牙語成為朋友！

使用說明

❶ 努力背誦單字。
（搭配聽力檔案）

在頁面下方的單字使用方法例句中，一一帶入單字，用句子幫助記憶單字。

❸ 使用遮字卡，檢測學過的單字。

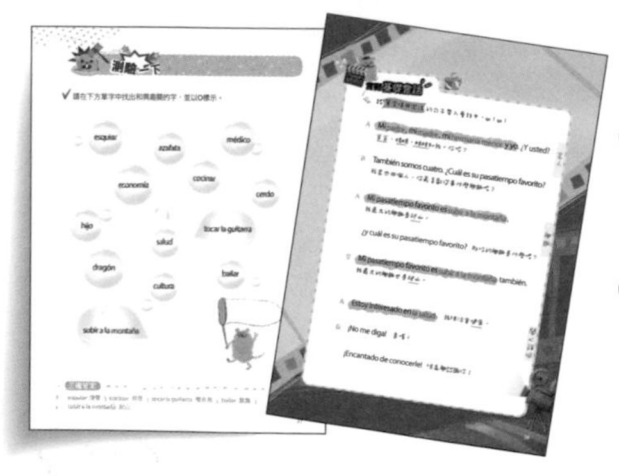

❹ 利用測驗一下單元中的各種遊戲檢測學習成果。

❺ 在實戰基礎會話單元練習「單字使用方法」的例句，用實戰會話幫助記憶。

音檔使用說明

書中的**單字**、**例句**、**會話**皆提供音檔，只要掃描封面的QR code，即可看到「**單字**、**例句**、**會話**」分別三個資料夾。

書中將實際生活中經常使用的單字分為「**12**種情境單元」，每一單元再細分為「**81**種主題」。

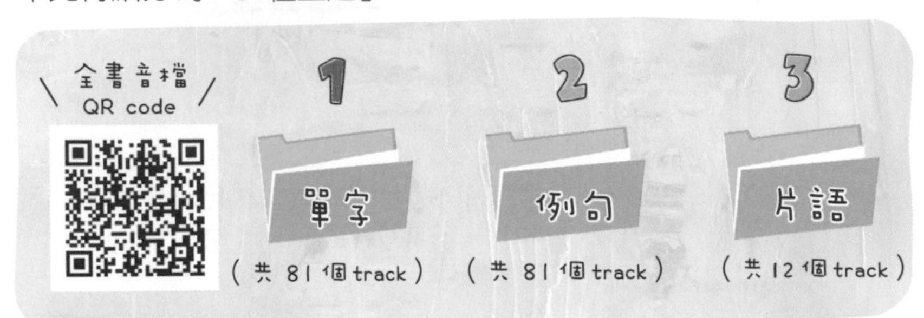

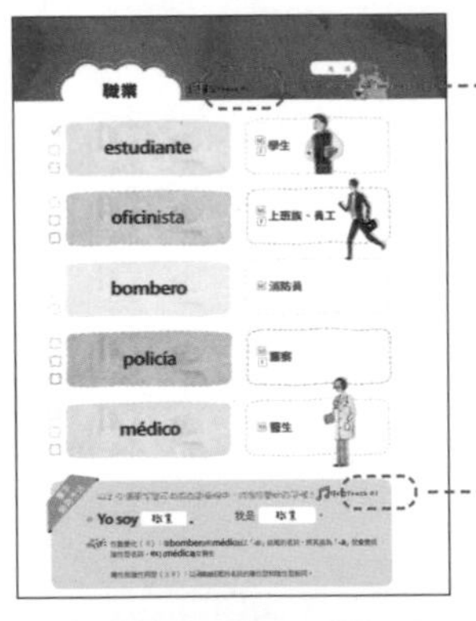

❶ 每一主題的單字音檔標示為 單字 Track 01
音檔由外師將該主題之所有單字各唸一次。

❷ 每一主題的例句音檔標示為 例句 Track 01
例句由該頁上方的越南語單字代入此處句型中，外師會先唸一次單字，再唸一次套入該單字的例句。

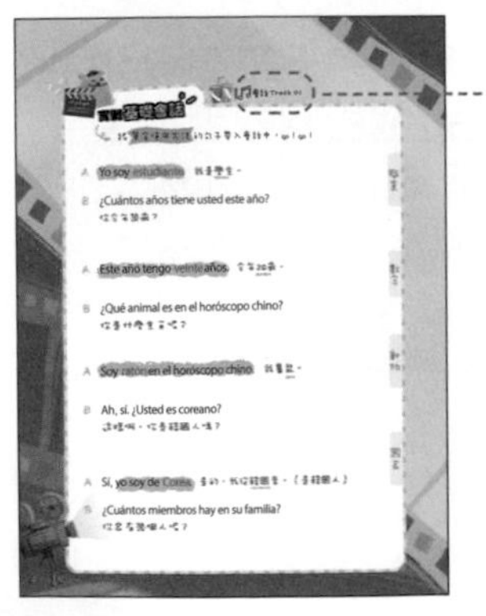

❸ 每一單元的會話音檔標示為 會話 Track 01
音檔由外師將該單元之整理會話各唸一次。

目錄與學習進度表

目錄與學習進度表

01 自我介紹

interview

職業

單字Track 01

estudiante

Ⓜ Ⓕ 學生

oficinista

Ⓜ Ⓕ 上班族、員工

bombero

Ⓜ 消防員

policía

Ⓜ Ⓕ 警察

médico

Ⓜ 醫生

單字使用方法

以上5個單字皆可放在白色框框中，成為完整的句子喔！ 例句Track 01

Yo soy 職業 **.** 我是 職業 。

TIP: 性數變化（♀）：像**bombero**和**médico**以「**-o**」結尾的名詞，將其換為「**-a**」就會變成陰性型名詞。**ex)** (**médica**)女醫生

陽性和陰性同型（♂♀）：以-**ista**結尾的名詞的陽性型和陰性型相同。

職業

actriz — F 女演員

cantante — M F 歌手

azafata — F 空服員

enfermera — F 護士

trabajadora por cuenta propia — F 自由工作者

單字使用方法

以上5個單字皆可放在白色框框中，成為完整的句子喔！

Yo no soy 職業. 我不是 職業。

TIP: 用在男性時：actor , azafato , enfermero , trabajador

職業

deportista	M F 運動選手
diseñadora	F 設計師
vendedora	F 銷售員
traductora	F 翻譯員、口譯員
escritora	F 作家

單字使用方法

以上5個單字皆可放在白色框框中，成為完整的句子喔！

* **¿Es usted** 職業 **?** 您是 職業 嗎？

TIP 性數變化（♀）：以子音結束的名詞加上「**-a**」，就成為陰性型名詞。
ex) 設計師 **diseñador → diseñadora**

職業

profesora	F 老師、教授
locutora	F 主播
ama de casa	家庭主婦
barista	M F 咖啡師
editora	F 編輯人員

單字使用方法

以上5個單字皆可放在白色框框中，成為完整的句子喔！

* **Mi madre es** 職業 **.** 我媽媽是 職業 。

TIP: 性數變化（♂）：**profesor**, **locutor**, **editor**

職業

funcionario público

Ⓜ 公務員

periodista

Ⓜ Ⓕ 記者

guía

Ⓜ Ⓕ 導遊

cocinero

Ⓜ 廚師

abogado

Ⓜ 護士

單字使用方法

以上5個單字皆可放在白色框框中，成為完整的句子喔！

* **Mi padre es** 職業 **.**

我哥哥是 職業 。

TIP: 性數變化：(♀): funcionaria pública, cocinera, abogada

數字

單字Track 02

月 日

單字使用方法

以上 10個單字皆可放在白色框框中，成為完整的句子喔！例句Track 02

Hay 數字 .

有 數字 個。

TIP: 數字「0」：**cero**

數字

cinco
5

seis
6

siete
7

ocho
8

nueve
9

diez
10

once
11

doce
12

trece
13

catorce
14

單字使用方法

以上10個單字皆可放在白色框框中，成為完整的句子喔！

¿Tienes 數字 años?

（你） 數字 歲嗎？

數字

單字使用方法

以上 10個單字皆可放在白色框框中，成為完整的句子喔！

- **Este año tengo 數字 años.**

（我）今年 數字 歲。

動物

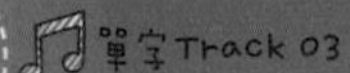

月 日

ratón 老鼠

buey 牛

tigre 老虎

conejo 兔子

dragón 龍

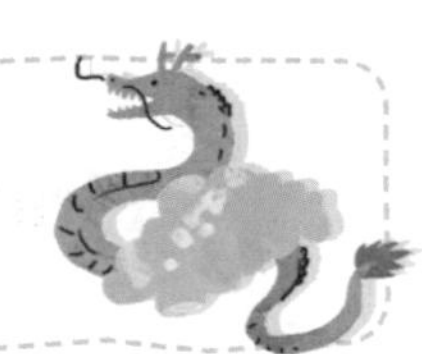

單字使用方法

以上5個單字皆可放在白色框框中，成為完整的句子喔！ 例句Track 03

Soy 動物 en el horóscopo chino.

我屬 動物 。

動物

serpiente	蛇
caballo	馬
cabra	羊
mono	猴子
gallo	雞

單字使用方法

以上5個單字皆可放在白色框框中，成為完整的句子喔！

Mi hermano es 動物 en el horóscopo chino.

我弟弟屬 動物 。

動物

el perro	狗
el gato	貓
el hipopótamo	河馬
el elefante	大象
el pájaro	鳥

單字使用方法

以上5個單字皆可放在白色框框中，成為完整的句子喔！

Me gusta 動物 **.**

我喜歡 動物 。

TIP: **el**：定冠詞（陽性單數）〔參考P. 269附錄＿冠詞〕

動物

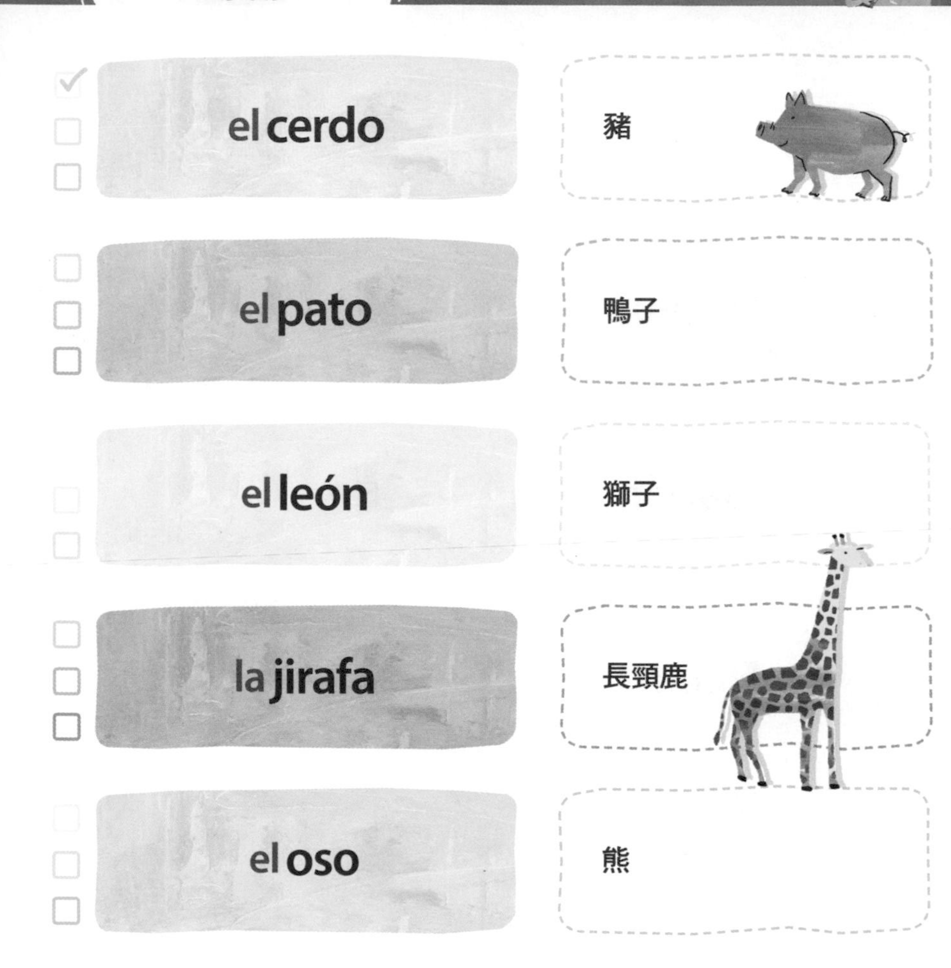

單字使用方法

以上5個單字皆可放在白色框框中，成為完整的句子喔！

No me gusta 動物 **.**

我不喜歡 動物 。

TIP：定冠詞：**el**（陽性單數）、**la**（陰性單數）〔參考P. 269附錄＿冠詞〕

國家

單字Track 04

Corea	韓國
China	中國
Japón	日本
Filipinas	菲律賓
Vietnam	越南

單字使用方法

以上5個單字皆可放在白色框框中，成為完整的句子喔！ 例句Track 04

Yo soy de 國家 **.**

我從 國家 來。（我是 國家 人。）

國家

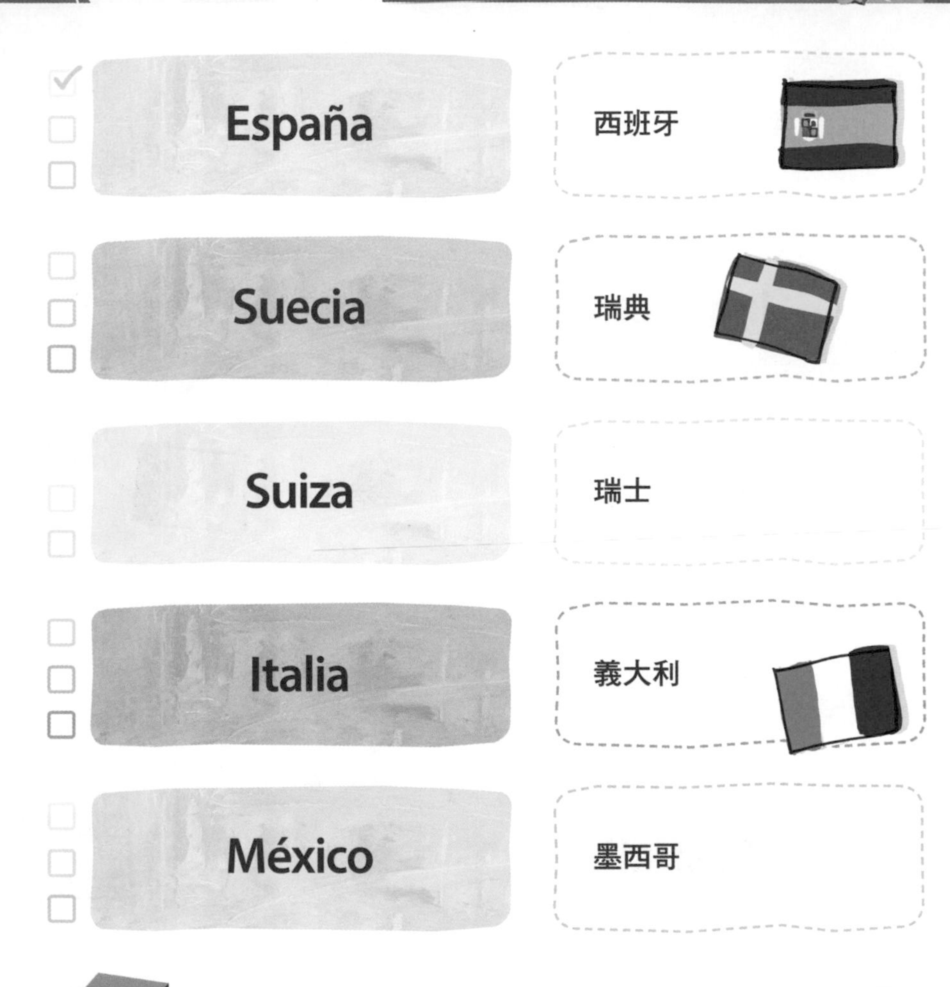

España 西班牙

Suecia 瑞典

Suiza 瑞士

Italia 義大利

México 墨西哥

單字使用方法

以上5個單字皆可放在白色框框中，成為完整的句子喔！

He estado en 國家 .

我去過 國家 。

TIP 〔參考P. 282附錄__現在完成式〕

國家

Estados Unidos	美國
Inglaterra	英國
Francia	法國
Alemania	德國
Australia	澳洲

單字使用方法

以上5個單字皆可放在白色框框中，成為完整的句子喔！

- **No he estado en** 國家 **.**

我沒去過 國家 。

國家

月　日

單字使用方法

以上5個單字皆可放在白色框框中，成為完整的句子喔！

¿Ha estado en 國家 ?

你去過 國家 嗎？

家人

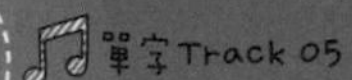

abuelo	爺爺
padre	爸爸
madre	媽媽
hermano menor	弟弟
hermana menor	妹妹

單字使用方法

以上5個單字皆可放在白色框框中，成為完整的句子喔！例句Track 05

Mi 家人 **, mi** 家人 **, mi** 家人 **y yo.**

我們家有 家人 、 家人 、 家人 和我。

TIP：所有形容詞（所有格）：**mi** 我的

家人

abuela	奶奶
hermano mayor	哥哥
hermana mayor	姊姊
hijo	兒子
hija	女兒

單字使用方法

以上5個單字皆可放在白色框框中，成為完整的句子喔！

- **No tengo** 家人 **.**

我沒有 家人 。

家人

abuelo materno	外公
abuela materna	外婆
esposo	老公
esposa	妻子
suegros	公婆、岳父母

單字使用方法

以上5個單字皆可放在白色框框中，成為完整的句子喔！

¿Tiene usted 家人 ?

您有 家人 嗎？

TIP: 公公、岳父：**suegro** / 婆婆、岳母：**suegra**

家人

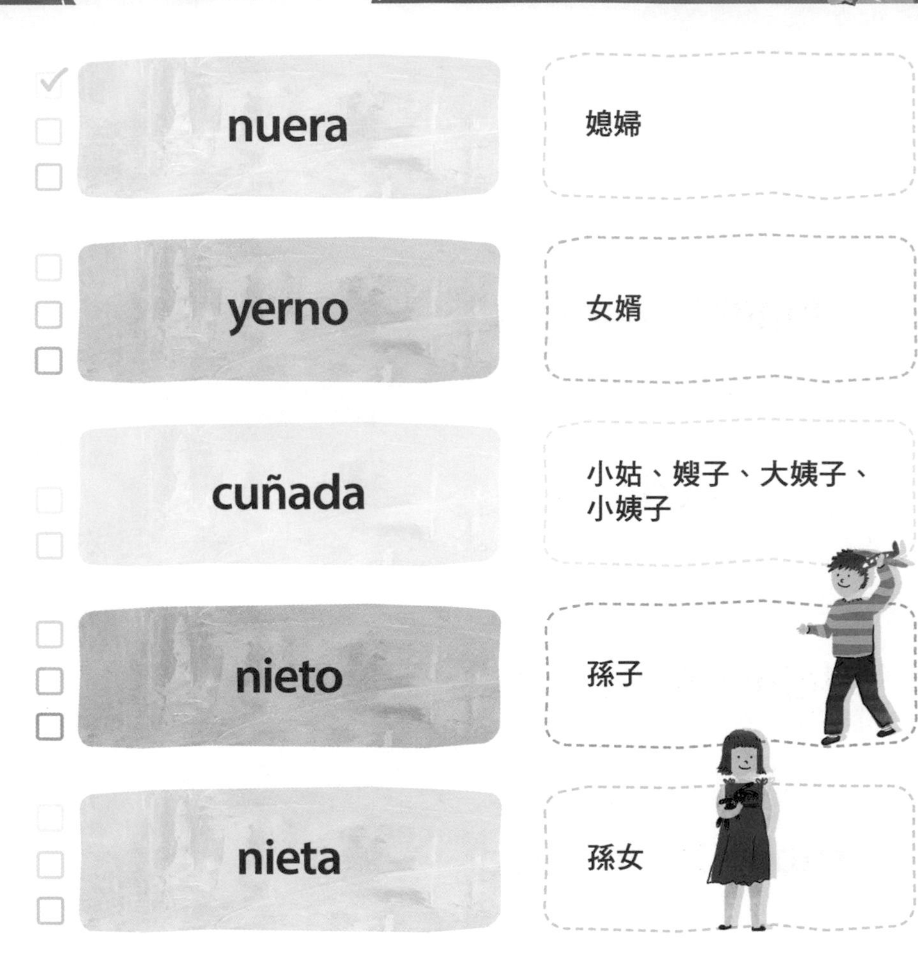

nuera	媳婦
yerno	女婿
cuñada	小姑、嫂子、大姨子、小姨子
nieto	孫子
nieta	孫女

興趣

單字Track 06

cocinar	做菜
jugar a los bolos	打保齡球
coleccionar	蒐集
jugar videojuegos	玩電子遊戲
subir a la montaña	爬山

單字使用方法

以上5個單字皆可放在白色框框中，成為完整的句子喔！ 例句Track 06

Mi pasatiempo favorito es 興趣 .

我最喜歡的興趣是 興趣 。

興趣

el béisbol	棒球
el baloncesto	籃球
el tenis de mesa	桌球
el tenis	網球
el billar	撞球

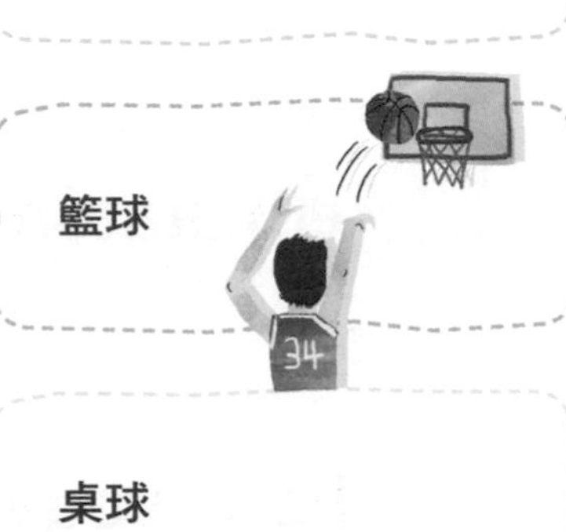

單字使用方法

以上 5 個單字皆可放在白色框框中，成為完整的句子喔！

No me gusta mucho practicar 興趣 **.**

我沒那麼喜歡 興趣 。

興趣

esquiar	滑雪
el maratón	馬拉松
hacer yoga	做瑜珈
tocar el piano	彈鋼琴
tocar la guitarra	彈吉他

單字使用方法

以上5個單字皆可放在白色框框中，成為完整的句子喔！

¿Su pasatiempo favorito es 興趣 ?

您的興趣是 興趣 嗎？

興趣

leer libros

讀書

jugar al fútbol

踢足球

pescar

釣魚

jugar al golf

打高爾夫球

practicar surf

衝浪

單字使用方法

以上5個單字皆可放在白色框框中，成為完整的句子喔！

¿Él suele 興趣 **con frecuencia?**

他常常 興趣 嗎？

興趣

cantar	唱歌
bailar	跳舞
pintar	畫畫
nadar	游泳
hacer arreglos florales	插花

單字使用方法

以上5個單字皆可放在白色框框中，成為完整的句子喔！

A ella le gusta 興趣 **.**

她喜歡 興趣 。

關心領域

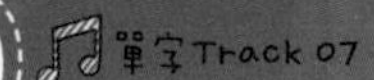

la economía 經濟

la política 政治

la salud 健康

la cultura 文化

la tecnología de la información IT（資訊科技）

單字使用方法

以上5個單字皆可放在白色框框中，成為完整的句子喔！ 例句Track 07

- **Estoy interesado(-a) en** 關心領域 **.**

我對 關心領域 有興趣。

TIP: 主語是陰性時可以說 **interesado → interesada**

關心領域

月 日

los problemas sociales — 社會文化

el deporte — 運動

la tecnología — 科學技術

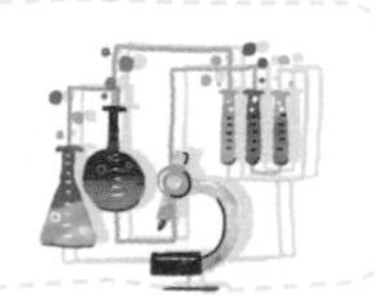

las finanzas — 金融

el entretenimiento — 娛樂

單字使用方法

以上5個單字皆可放在白色框框中，成為完整的句子喔！

No estoy tan interesado(-a) en 關心領域 **.**

我對 關心領域 沒那麼有興趣。

TIP: 定冠詞：陽性單數**el**、陽性複數**los**／陰性單數**la**、陰性複數**las**

關心領域

la protección del medio ambiente	環境保護
la educación	教育
la música	音樂
la moda	流行
la belleza	美容

單字使用方法

以上5個單字皆可放在白色框框中，成為完整的句子喔！

- **No me interesa mucho** 關心領域 **.**

我對 關心領域 沒那麼有興趣。

關心領域

los bienes raíces

不動產

las actividades de servicio

社會服務

el arte

藝術

invertir en acciones

做投資

los derechos humanos

人權

單字使用方法

以上5個單字皆可放在白色框框中，成為完整的句子喔！

¿Está interesado(-a) en 關心領域 o no?

您對 關心領域 有興趣嗎？

✔請在下方單字中找出和興趣關的字，並以O標示。

esquiar

azafata

médico

economía

cocinar

cerdo

hijo

tocar la guitarra

salud

dragón

bailar

cultura

subir a la montaña

正確答案

esquiar 滑雪 | cocinar 料理 | tocar la guitarra 彈吉他 | bailar 跳舞 | subir a la montaña 爬山

A Yo soy estudiante. 我是學生。

B ¿Cuántos años tiene usted este año?
你今年幾歲？

A Este año tengo veinte años. 今年20歲。

B ¿Qué animal es en el horóscopo chino?
你是什麼生肖呢？

A Soy ratón en el horóscopo chino. 我屬鼠。

B Ah, sí. ¿Usted es coreano?
這樣啊，你是韓國人嗎？

A Sí, yo soy de Corea. 是的，我從韓國來。（是韓國人）

B ¿Cuántos miembros hay en su familia?
你家有幾個人呢？

將單字使用方法的句子帶入會話中，go！go！

A Mi padre, mi madre, mi hermana menor y yo. ¿Y usted?
爸爸、媽媽、妹妹和我。你呢？

B También somos cuatro. ¿Cuál es su pasatiempo favorito?
我家也四個人。你最喜歡從事什麼興趣呢？

A Mi pasatiempo favorito es subir a la montaña,
我最大的興趣是爬山。

¿y cuál es su pasatiempo favorito? 那你的興趣是什麼呢？

B Mi pasatiempo favorito es subir a la montaña también.
我最大的興趣也是爬山。

A Estoy interesado en la salud. 我很注重健康。

B ¡No me diga! 是喔！

¡Encantado de conocerle! 很高興認識你！

家人

興趣

關心領域

02 連結關係

妳我的初次見面♡

個人資訊

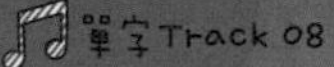

tarjeta de presentación	名片 
número de teléfono móvil	手機號碼 
número de teléfono	電話號碼
punto de contacto	聯絡方式
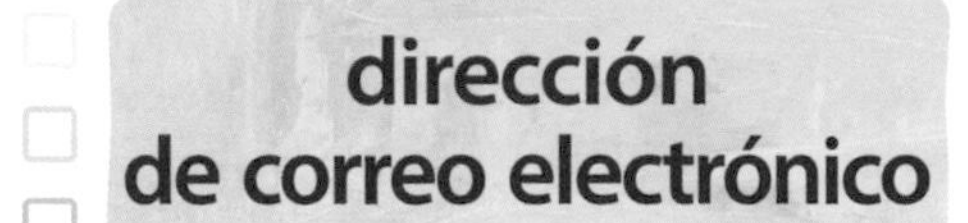 **dirección de correo electrónico**	電子郵件 

單字使用方法

以上5個單字皆可放在白色框框中，成為完整的句子喔！例句Track 08

- **Es mi** 個人資訊 **.**

  這是我的 個人資訊 。

個人資訊

su cuenta oficial	（SNS）帳號
su dirección	地址
sus datos personales	個人資訊
su fecha de nacimiento	出生年月日
su cuenta de Facebook	Facebook（FB）帳號

單字使用方法

以上5個單字皆可放在白色框框中，成為完整的句子喔！

Por favor, deme su(sus) 個人資訊 **.**

請告訴我你的 個人資訊 。

TIP：所有形容詞（所有格）：**su**他的、她的、你的（若後方名詞是複數時用**sus**）

個人資訊

cuenta de Instagram	Instagram（IG）帳號
tarjeta de estudiante	身分證
tarjeta de identificación	學生證
tarjeta de empleado	員工證
licencia de conducir	駕照

以上5個單字皆可放在白色框框中，成為完整的句子喔！

- **Esta es su** 個人資訊 **.**

這是他的 個人資訊 。

外語

單字Track 09

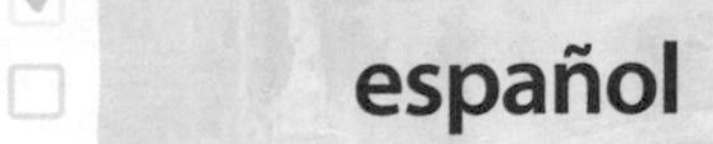

español	西班牙語
coreano	韓語
japonés	日語
chino	中文
inglés	英語

單字使用方法

以上5個單字皆可放在白色框框中，成為完整的句子喔！ 例句Track 09

Puedo hablar 外語 **un poco.**

我會一點 外語 。

外語

月 日

vietnamita
越南語
indonesio
印尼語
francés
法語
ruso
俄羅斯語
alemán
德語

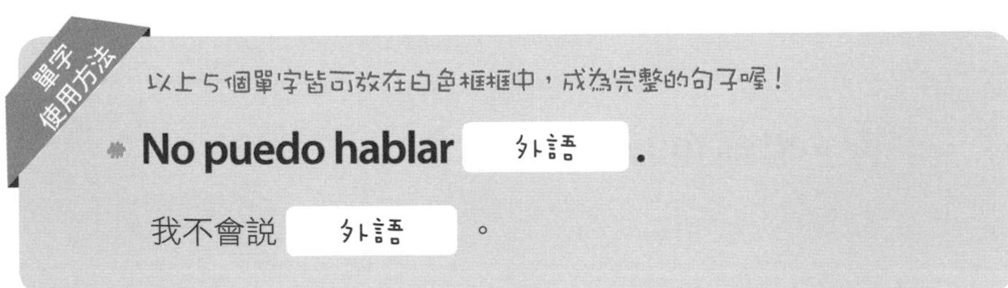
單字使用方法
以上5個單字皆可放在白色框框中，成為完整的句子喔！
No puedo hablar 外語 .
我不會說 外語 。

人物描述

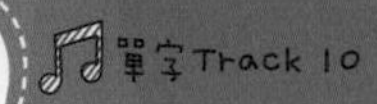

genial	厲害
inteligente	聰明
serio	真摯
bueno	善良
valiente	爽快

單字使用方法

以上5個單字皆可放在白色框框中，成為完整的句子喔！例句Track 10

¡Usted es muy 人物描述 **!**

您真是 人物描述 。

TIP: 性數變化(♀)：以「-o」結尾的形容詞換成「-a」，就會變成陰性形容詞。ex) 真摯 seria

人物描述

apasionado	熱情
trabajador	勤奮
excelente	傑出
guapo	長得帥
malo	壞

單字使用方法

以上5個單字皆可放在白色框框中，成為完整的句子喔！

- **¡Mi amigo es muy** 人物描述 **!**

  我男友真的很 人物描述 ！

TIP：性數變化(♀)：主語是陰性時，將「**-o**」換成「**-a**」。**trabajador**加-a (**trabajadora**)
ex) Mi amiga es muy mala. 我女朋友真壞。

人物描述

月　日

simpático

溫柔

competente

有能力

chistoso

幽默

feo

長得不好看

generoso

心胸寬大

單字使用方法

以上5個單字皆可放在白色框框中，成為完整的句子喔！

¡Este hombre es muy 人物描述 !

這個人真是 人物描述 ！

TIP 性數變化(♀)：主語是陰性時，將「-o」換成「-a」。ex) 溫柔 simpática

人物描述

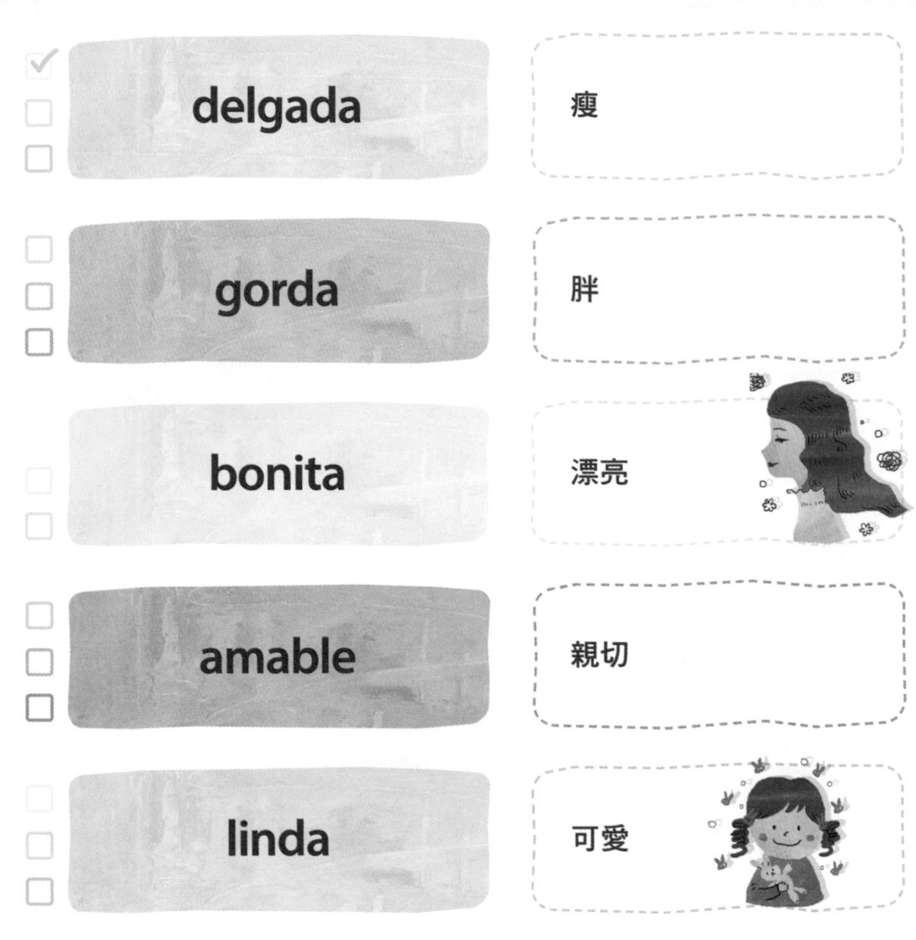

delgada	瘦
gorda	胖
bonita	漂亮
amable	親切
linda	可愛

單字使用方法

以上5個單字皆可放在白色框框中，成為完整的句子喔！

¡Ella es muy 人物描述 **!**

她真是 人物描述 ！

TIP：性數變化(♂)：主語是陽性時，將「**-a**」換成「**-o**」。**ex)** 瘦 **delgado**

活動

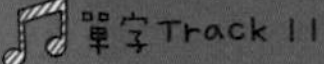

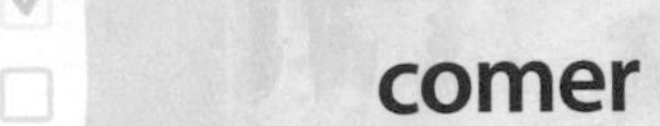

comer	吃飯
tomar fotos	照相
viajar	旅行
jugar	玩樂
tomar una copa	喝酒

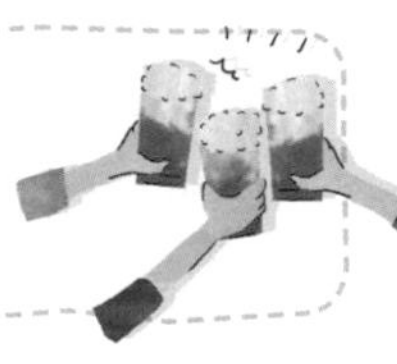

單字使用方法

以上5個單字皆可放在白色框框中，成為完整的句子喔！例句Track 11

¡Vamos a 活動 juntos!

我們一起 活動 吧！

活動

月 日

ir a un concierto

去演唱會

ver una película

看電影

dar una vuelta en coche

兜風

ir al parque de diversiones

去遊樂園

hacer la compra

購物

單字使用方法

以上5個單字皆可放在白色框框中，成為完整的句子喔！

¿Qué le parece 活動 conmigo mañana?

我們明天可以一起 活動 嗎？

活動

charlar 聊天

preparar el examen 準備考試

tomar café 喝咖啡

ir a un instituto 去補習班

hacer ejercicio 運動

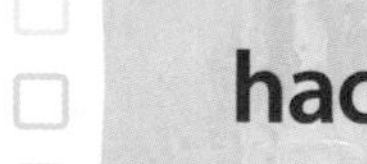

以上5個單字皆可放在白色框框中，成為完整的句子喔！

(Yo) voy a 活動 **con mi amigo.**

（我）要和朋友一起 活動 。

TIP: **ir a** + 動詞原形：要做～〔參考P. 279附錄__一定要記住的動詞表達〕

活動

ir a la iglesia	上教會
ir a la boda	參加結婚典禮
trabajar medio tiempo	打工
pasear	散步
ir de compras	去購物

單字使用方法

以上5個單字皆可放在白色框框中，成為完整的句子喔！

Voy a 活動 **.**

我打算 活動 。

TIP: **ir a** + 動詞原形：要做～〔參考P. 279附錄＿一定要記住的動詞表達〕

月 日

食物種類

單字Track 12

comida coreana	韓式料理
comida japonesa	日式料理
comida china	中式料理
comida española	西班牙料理
comida occidental	西式料理

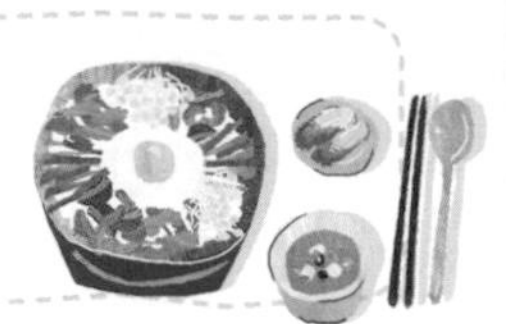

單字使用方法

以上5個單字皆可放在白色框框中，成為完整的句子喔！ 例句Track 12

Quiero comer 食物種類 **.**

我想吃 食物種類 。

TIP: **querer** + 動詞原形：希望做～〔參考P. 281附錄__一定要記住的動詞表達〕

食物種類

comida rápida — 速食

merienda — 點心、便當

postre — 甜點

menú del día — 套餐

fideos — 麵

單字使用方法

以上5個單字皆可放在白色框框中，成為完整的句子喔！

Me gusta comer 食物種類 **.**

我喜歡吃 食物種類 。

✔ 請在方框中找出各題應填入的單字，並填在藍線中。

❶ ＿＿＿＿ 厲害

❷ ＿＿＿＿ 溫柔

❸ **tarjeta de** ＿＿＿＿ 名片

❹ **ir a** ＿＿＿＿ 上教會

❺ ＿＿＿＿ 西班牙語

❻ **hacer** ＿＿＿＿ 運動

❼ ＿＿＿＿ 長得帥

❽ **licencia de** ＿＿＿＿ 駕照

❾ ＿＿＿＿ 散步

❿ ＿＿＿＿ 地址

comida china	simpático	menú del día	dirección	bombero
presentación	estudiante	genial	viajar	pasear
la iglesia	gorda	inteligente	fideos	conducir
tomar fotos	español	serio	guapo	comer
número de teléfono	merienda	ejercicio	valiente	ir a un concierto

正確答案

❶ genial　❷ simpático　❸ presentación　❹ la iglesia　❺ español
❻ ejercicio　❼ guapo　❽ conducir　❾ pasear　❿ dirección

將單字使用方法的句子帶入會話中，go！go！

A Señor, esta es mi tarjeta de presentación.
先生，這是我的名片。

B Gracias. ¿Puede hablar español?
謝謝，您會說西班牙語嗎？

A Puedo hablar español un poco, y ¿usted?
我會說一點西班牙語，您呢？

B Hablo bien inglés. 我擅長英文。

A ¡Usted es muy genial! 您真厲害呢！

B No me diga. 沒什麼。

將單字使用方法的句子帶入會話中，go！go！

A　Si tiene tiempo ahora, ¡vamos a comer juntos!
現在有時間的話，我們一起吃飯。

B　¡Vale!, ¿qué vamos a comer?　好，要吃什麼東西呢？

A　Quiero comer comida coreana.　我想吃韓式料理。

B　¡Vale!, también me gusta la comida coreana.
好的，我也喜歡韓式料理。

活動

食物種類

03 日常

棉被外面很危險！

時刻

單字Track 13

單字使用方法

以上10個單字皆可放在白色框框中，成為完整的句子喔！ 例句Track 13

Ahora es(son) la(las) 時刻.

現在是 時刻 。

TIP: 時間定冠詞：只有1點使用陰性單數**la**，2點開始用陰性複數**las**
ex) 1點：**Es la una.**、2點：**Son las dos.**

時刻

las once	11點
las doce	12點
la una y cinco	1點5分
la una y cuarto	1點15分
la una y media	1點半（30分）
las dos menos cinco	1點55分（再5分鐘2點）

單字使用方法

以上6個單字皆可放在白色框框中，成為完整的句子喔！

* **Vamos a partir a la(las) 時刻 .**

我們 時刻 出發。

TIP: 介係詞**a** + 時間： **ex) a la una** 1點
注意發音：介係詞「**a + la**」發音要一起唸，不能斷開。

日常動作

單字Track 14

lavándome la cara	洗臉
duchándome	洗澡
lavándome los dientes	刷牙
navegando en Internet	上網
leyendo el periódico	看報紙

單字使用方法

以上5個單字皆可放在白色框框中，成為完整的句子喔！ 例句Track 14

Estoy 日常動作 **.**

（我）在 日常動作 。

TIP：〔參考P. 283附錄＿現在進行式〕

日常動作

llamando por teléfono	打電話
sacando la basura	丟垃圾
haciendo la tarea	寫作業
lavando la ropa	洗衣服
descansando	休息

單字使用方法

以上5個單字皆可放在白色框框中，成為完整的句子喔！

Ahora estoy 日常動作 **.**

我現在正在 日常動作 。

TIP 〔參考P. 283附錄__現在進行式〕

日常動作

durmiendo	睡覺
limpiando la habitación	打掃房間
haciendo las tareas del hogar	做家事
maquillándose	化妝
desayunando	吃早餐

單字使用方法

以上5個單字皆可放在白色框框中，成為完整的句子喔！

¿Todavía está 日常動作 **?**

（你）還在 日常動作 ？

TIP: 〔參考P. 283附錄＿現在進行式〕

日常動作

me he levantado	起床
me he vestido	穿衣服
me he puesto los zapatos	穿鞋子
he salido	出去、外出
he lavado los platos	洗碗

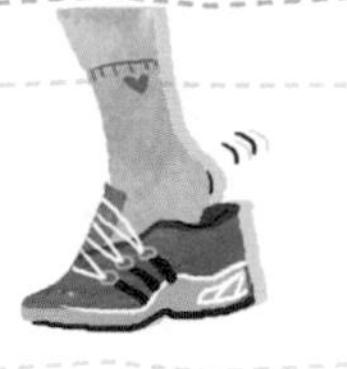

單字使用方法

以上5個單字皆可放在白色框框中，成為完整的句子喔！

Ya 日常動作 **.**

我已經 日常動作 了。

TIP: 〔參考P. 282附錄__現在完成式〕

生活用品

單字Track 15

una toalla

毛巾（一條）

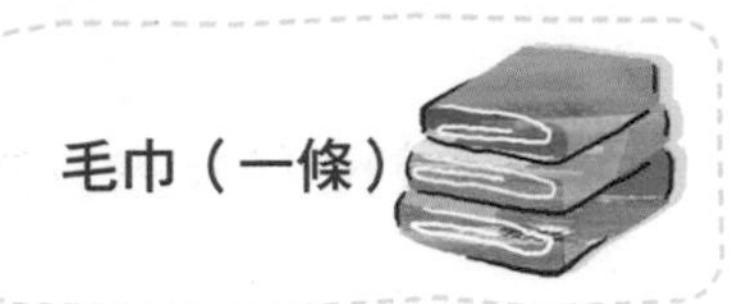

un papel de baño

衛生紙

el reloj de pulsera

手錶

el teléfono móvil

手機

la billetera

錢包

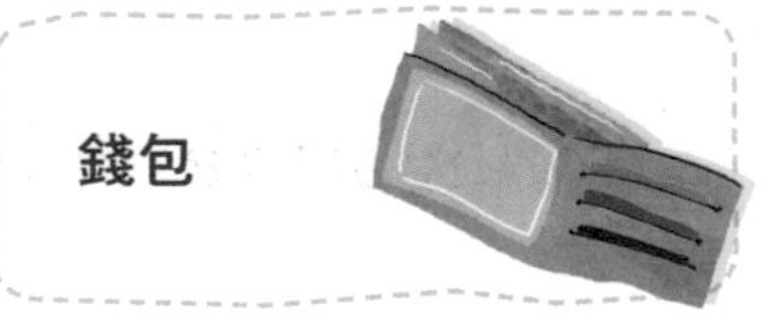

單字使用方法

以上5個單字皆可放在白色框框中，成為完整的句子喔！例句Track 15

Deme 生活用品 , por favor.

請給我 生活用品 。

生活用品

el champú	洗髮精
el acondicionador	潤髮乳
el gel de ducha	沐浴乳
el jabón	肥皂
la pasta de dientes	牙膏

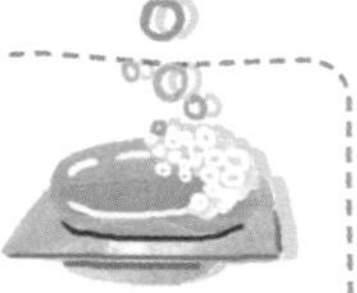

單字使用方法

以上5個單字皆可放在白色框框中，成為完整的句子喔！

Se me acabó 生活用品 **.**

我把 生活用品 都用完了。

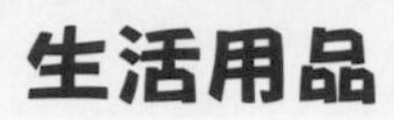

el cuchillo	刀子
la sartén	平底鍋
la olla	鍋子
el cargador	充電器
el control remoto	遙控器

單字使用方法

以上5個單字皆可放在白色框框中，成為完整的句子喔！

¿Dónde guardó 生活用品 ?

生活用品 放在哪裡？

生活用品

los calcetines	襪子
el vaso térmico	保溫杯
las gafas	眼鏡
el pijama	睡衣
el cepillo de dientes	牙刷

單字使用方法

以上5個單字皆可放在白色框框中，成為完整的句子喔！

No puedo encontrar 生活用品 **.**

找不到 生活用品 。

TIP 「襪子」和「眼鏡」一定要使用複數定冠詞！

poder + 動詞原形：可以～ 〔參考P. 281 附錄＿一定要記住的動詞表達〕

生活用品

la taza de té 茶杯

la tetera 茶壺

el llavero 鑰匙圈

el paraguas 雨傘

el calendario 日曆

以上5個單字皆可放在白色框框中，成為完整的句子喔！

He encontrado 生活用品 **.**

找到 生活用品 了。

生活用品

el recuerdo	紀念品
el abrebotellas	瓶蓋
el marco	相框
el perfume	香水
el abanico	扇子

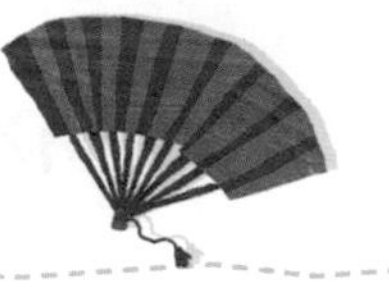

單字使用方法

以上5個單字皆可放在白色框框中，成為完整的句子喔！

¿Dónde compró 生活用品 ?

那個 生活用品 是在哪裡買的？

房子構造

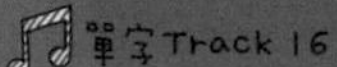

el cuarto de estar — 客廳

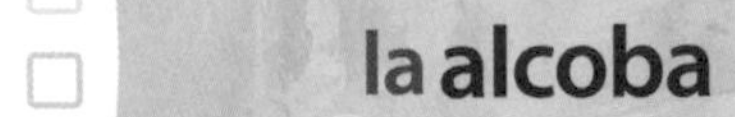

la alcoba — 臥室

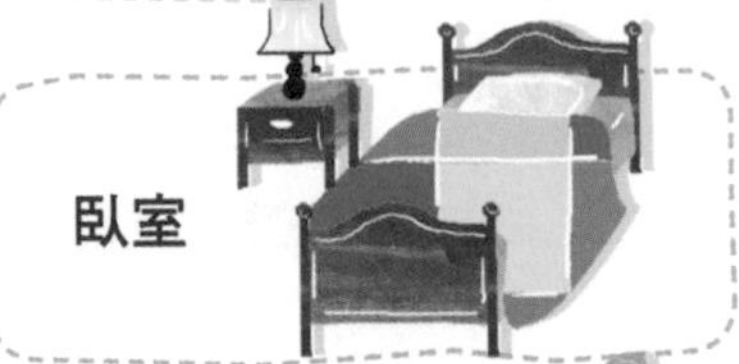

el cuarto de baño — 浴室

el balcón — 陽台

el patio — 庭院

單字使用方法

以上5個單字皆可放在白色框框中，成為完整的句子喔！例句Track 16

Está en 房子構造 **.**

有 房子構造 。

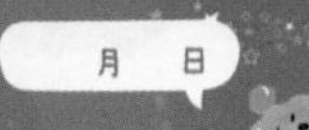

房子構造

la habitación 房間

la cocina 廚房

el despacho 書房

el garaje 廁所

el recibidor 玄關

單字使用方法

以上5個單字皆可放在白色框框中，成為完整的句子喔！

- **Está delante de** 房子構造 **.**

房子構造 在前面。

TIP 注意發音：介係詞**de**在定冠詞**el**後方時，會發音成**del**。

感情

單字Track 17

feliz	高興
alegre	享受
divertida	趣味
asustada	可怕
harta	煩躁

單字使用方法

以上5個單字皆可放在白色框框中，成為完整的句子喔！ 例句Track 17

- **Estoy muy** 感情 **.**

我非常 感情 。

TIP：性數變化(♂)：主語是陽性時，將「**-a**」換成「**-o**」。

感情

preocupada	擔心
sola	孤獨
deprimida	憂鬱
ansiosa	急躁
enojada	生氣

單字使用方法

以上5個單字皆可放在白色框框中，成為完整的句子喔！

- **Estoy un poco** 感情 **.**

我有點 感情 。

TIP 性數變化(♂)：主語是陽性時，將「**-a**」換成「**-o**」。

感情

cansado	辛苦
perplejo	為難
nervioso	緊張
emocionado	感動
excitado	感激

單字使用方法

以上5個單字皆可放在白色框框中，成為完整的句子喔！

Él está demasiado 感情 **.**

他十分地 感情 。

TIP：性數變化(♀)：主語是陰性時，將「**-o**」換成「**-a**」。

感情

aburrida	無聊
sorprendida	驚訝
triste	受傷
curiosa	好奇
contenta	滿足

單字使用方法

以上5個單字皆可放在白色框框中，成為完整的句子喔！

Ella no está 感情 **en absoluto.**

我一點都不 感情 。

TIP 性數變化(♂)：主語是陽性時，將「**-a**」換成「**-o**」。

✔從迷宮中找出和「感情」相關的單字，並走出迷宮。

正確答案

feliz | nervioso | cansado | emocionado | preocupada | enojada | triste | contenta | aburrida

將單字使用方法的句子帶入會話中，go！go！

A Mamá, ¿qué hora es? 媽媽，現在幾點？

B Ahora son las siete. 現在七點。

B ¿Todavía estás durmiendo? 你還在睡嗎？

A No, estoy lavándome la cara. 沒有，我在洗臉。

A Mamá, deme una toalla, por favor.
媽媽，請給我毛巾。

B ¡Está ahí! 不是在那嘛！

A ¿Dónde está? 在哪裡？

B Está en el cuarto de baño. 在浴室啊！

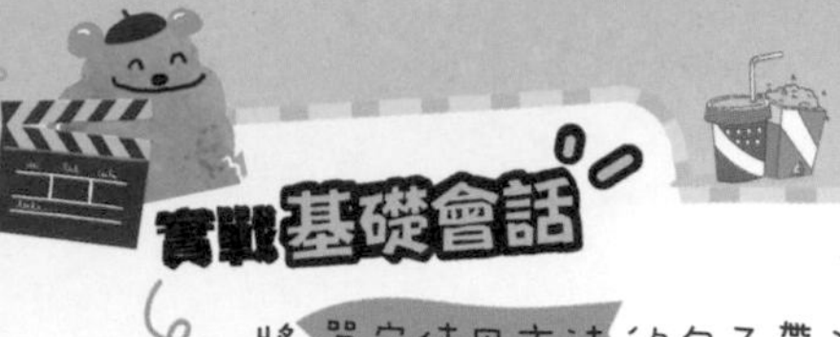

將單字使用方法的句子帶入會話中，go！go！

B　Pero, hoy es domingo, ¿no?
今天不是星期天嗎？

A　¡Ay, Dios mío! ¡Estoy muy harta!　噢不，真煩躁！

04 交通

挑戰前往動物園！

月 日

交通工具

單字Track 18

metro	地鐵
autobús	公車
barco	船
autobús de dos pisos	雙層巴士
tren de alta velocidad	高速鐵路

單字使用方法

以上5個單字皆可放在白色框框中，成為完整的句子喔！例句Track 18

¡Vamos en 交通工具 **!**

我們搭 交通工具 去吧！

TIP: **en** +〔交通方式〕：搭（交通方式）

交通工具

avión

飛機

exprés aeropuerto

機場巴士

tren

火車

teleférico

纜車

taxi

計程車

以上5個單字皆可放在白色框框中，成為完整的句子喔！

Vamos a ir en 交通工具 **.**

我們搭 交通工具 去吧！

TIP: **ir a** + 動詞原形：要做～〔參考P. 279附錄__一定要記住的動詞表達〕

月　日

交通工具

tranvía	路面電車
coche eléctrico	電動汽車
bicicleta	自行車
moto	摩托車
escúter	電動車

單字使用方法

以上5個單字皆可放在白色框框中，成為完整的句子喔！

¿Pueden ir al museo en 交通工具 ?

搭 交通工具 能到博物館嗎？

TIP: **poder**+ 動詞原形：要做～〔參考P. 281附錄__一定要記住的動詞表達〕

交通工具

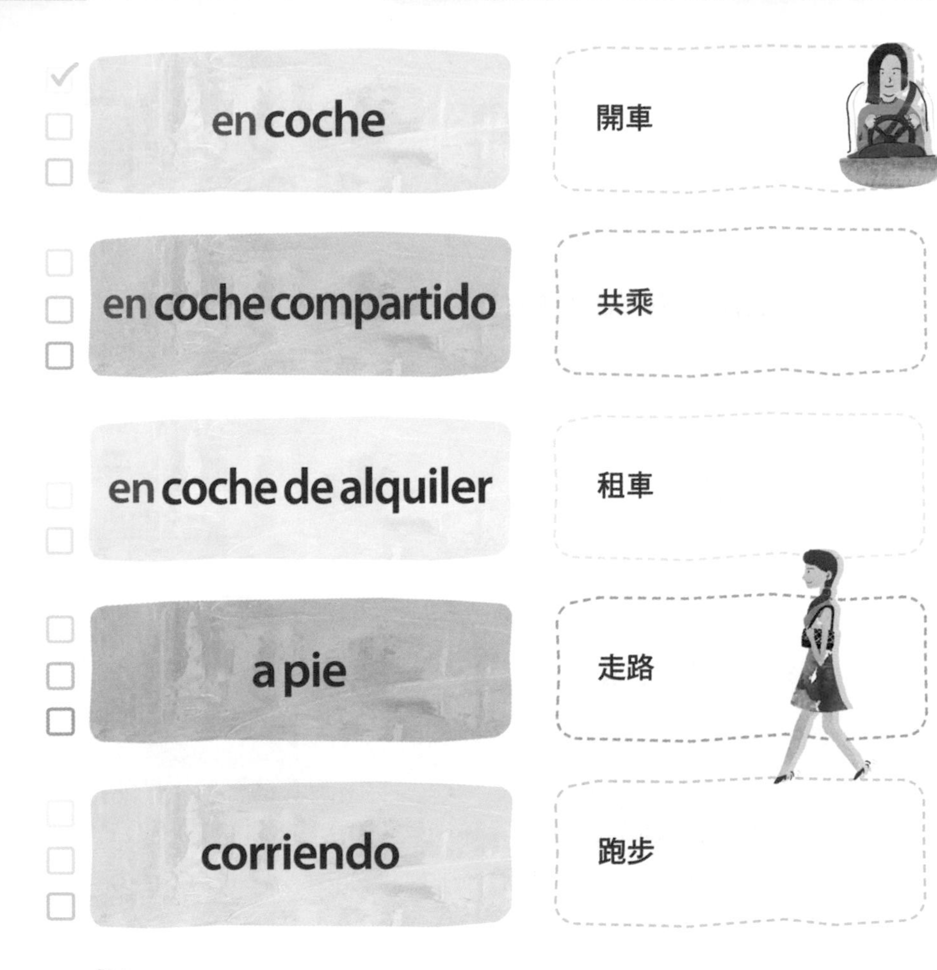

en coche	開車
en coche compartido	共乘
en coche de alquiler	租車
a pie	走路
corriendo	跑步

單字使用方法

以上5個單字皆可放在白色框框中，成為完整的句子喔！

¿Qué le parece ir 交通工具 ?

我們 交通工具 去怎麼樣？

交通地點

單字Track 19

月　日

una parada de autobús	公車站
una estación de metro	地鐵站
un aeropuerto	機場
una terminal	客運
una parada de exprés aeropuerto	機場巴士站

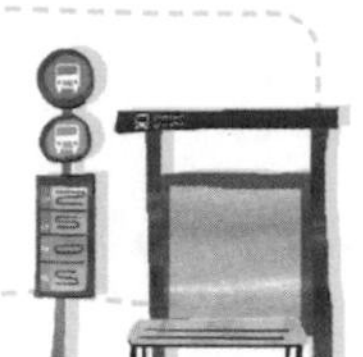

單字使用方法

以上5個單字皆可放在白色框框中，成為完整的句子喔！ 例句Track 19

¿Hay 交通地點 cerca de aquí?

附近有 交通地點 嗎？

TIP: 動詞Hay和英文「there is」意思相同。

交通地點

una estación de tren	火車站
un estacionamiento	停車場
una parada de taxi	計程車停車場
un punto de alquiler de bicicletas	摩托車租借店
una terminal de pasajeros del puerto	碼頭

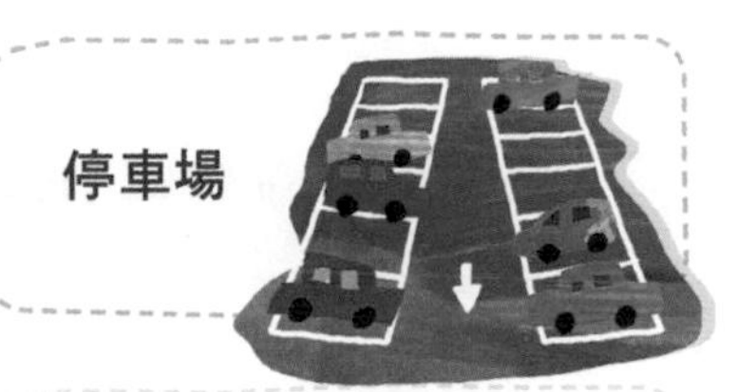

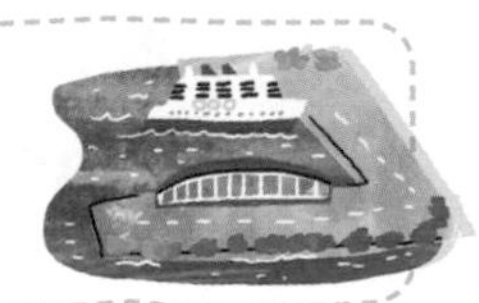

單字使用方法

以上5個單字皆可放在白色框框中，成為完整的句子喔！

No hay 交通地點 **cerca de aquí.**

附近沒有 交通地點 。

TIP 不定冠詞：「**un**、**una**」分別用在陽性單數名詞、陰性單數名詞前方。

時間

單字Track 20

una hora	1小時
una hora y diez minutos	1小時10分鐘
una hora y media	1小時半
dos horas	2小時
unas dos horas	約2小時

單字使用方法

以上5個單字皆可放在白色框框中，成為完整的句子喔！例句Track 20

Se tarda al menos 時間 .

至少要花 時間 。

時間

un minuto	1分鐘
cinco minutos	5分鐘
quince minutos	15分鐘
treinta minutos	30分鐘
cuarenta y cinco minutos	45分鐘

單字使用方法

以上5個單字皆可放在白色框框中，成為完整的句子喔！

- **Hay que ir más o menos** 時間 **.**

大約要 時間 。

TIP: **Hay que** + 動詞原形：必須要～

外出地點

單字Track 21

el zoológico 動物園

el jardín botánico 植物園

la discoteca 夜店

el museo 博物館

la estación de esquí 滑雪場

單字使用方法

以上5個單字皆可放在白色框框中，成為完整的句子喔！ 例句Track 21

¿Cómo se va a 外出地點 **?**

外出地點 要怎麼去？

TIP: 注意發音：介係詞**a** +定冠詞**el** = **al**，發音不是「**a la**」，而是「**al**」。

月　日

外出地點

la taquilla	售票處
la oficina de información	服務中心
el acuario	水族館
la pensión	度假別墅
el hotel	飯店

單字使用方法

以上5個單字皆可放在白色框框中，成為完整的句子喔！

* ¿ 外出地點 **está lejos de aquí?**

外出地點 離這裡遠嗎？

道路相關地點

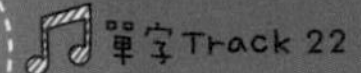

el semáforo	紅綠燈
el paso de peatones	馬路
el cruce	十字路口
la rotonda	圓環
el paso elevado	天橋

單字使用方法

以上5個單字皆可放在白色框框中，成為完整的句子喔！ 例句Track 22

* **Gire a la derecha en** 道路相關地點 **.**

到 道路相關地點 請向右轉。

方向

單字 Track 23

enfrente 前方

detrás 後方

a la izquierda 左方

a la derecha 右方

al otro lado 對面

以上5個單字皆可放在白色框框中，成為完整的句子喔！ 例句 Track 23

- **Está justo** 方向 **.**

就在 方向 。

月 日

方向

el este
東方
el oeste
西方
el sur
南方
el norte
北方
el lado
旁邊

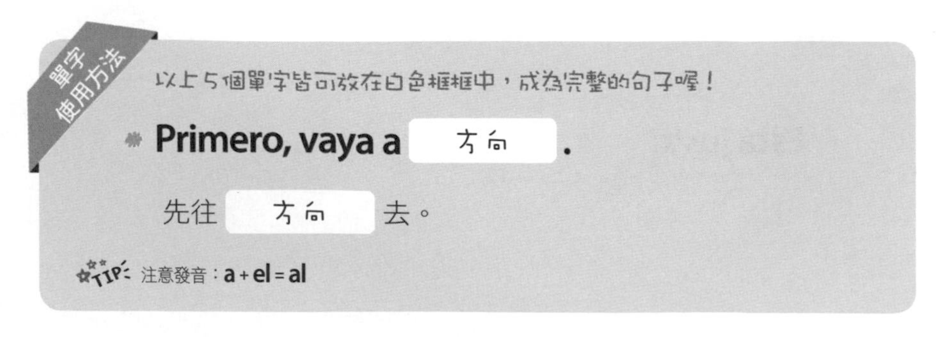
單字使用方法
以上5個單字皆可放在白色框框中，成為完整的句子喔！
Primero, vaya a 方向 .
先往 方向 去。
TIP 注意發音：a + el = al

方向

arriba

上方

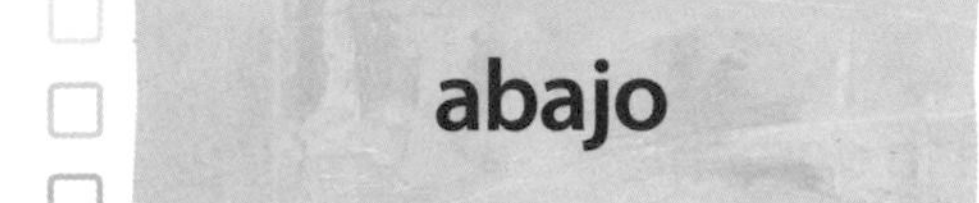

abajo

下方

adentro

裡面

afuera

外面

todo recto

正面

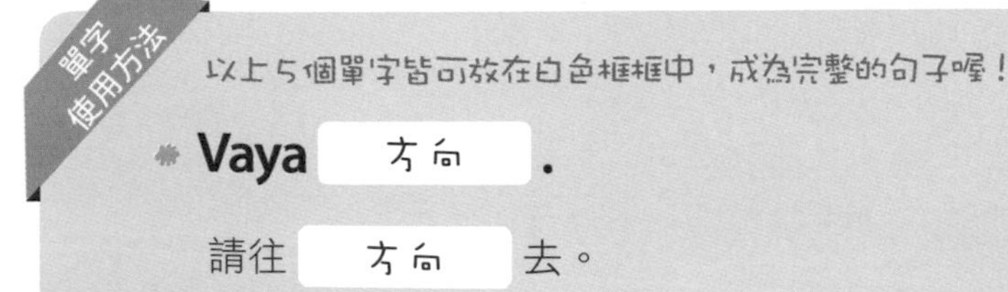

單字使用方法

以上5個單字皆可放在白色框框中，成為完整的句子喔！

Vaya 方向 .

請往 方向 去。

✔請找出符合資料夾的單字，並填入數字。

❶ autobús　❷ este

❸ una hora y media　❹ a la derecha

❺ aeropuerto　❻ estacionamiento

❼ avión　❽ una hora

❾ quince minutos　❿ detrás

⓫ estación de tren　⓬ zoológico

⓭ taquilla　⓮ metro

⓯ museo

交通工具

交通地點

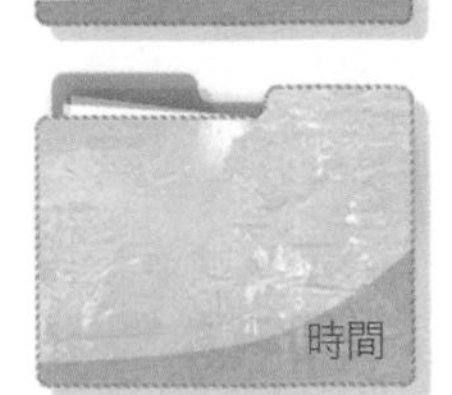

正確答案

外出地點–⓬⓭⓯ | 方向–❷❹❿ | 交通工具–❶❼⓮

交通地點–❺❻⓫ | 時間–❸❽❾

將單字使用方法的句子帶入會話中，go！go！

A ¿Cómo vamos? 我們搭什麼去？

B ¡Vamos en metro! 我們搭地鐵去。

A Vale, ¿hay una estación de metro cerca de aquí?
好，附近有地鐵站嗎？

B Sí, hay una. 有。

A ¿Cuánto tiempo se tarda? 要花多久時間？

B Se tarda al menos una hora. 至少要一小時。

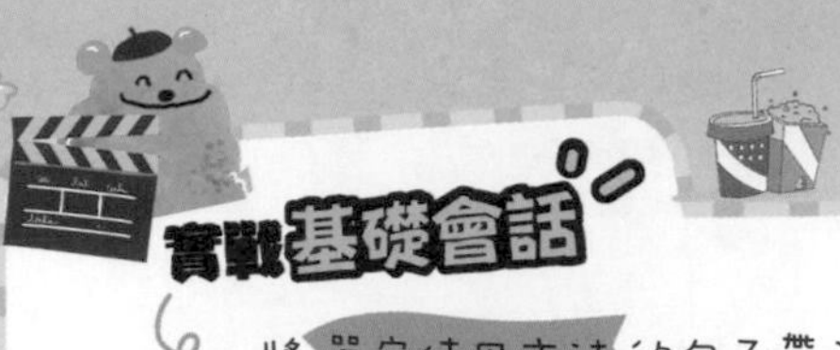

將單字使用方法的句子帶入會話中，go！go！

A Perdone, ¿cómo se va al zoológico?
請問一下，動物園怎麼去？

C Gire a la derecha en el cruce. Está justo enfrente.
請在十字路口向右轉。就在前方。

A Muchas gracias. 謝謝。

05 餐廳

還想再吃~♥

時間點

單字Track 24

esta mañana

今天早上

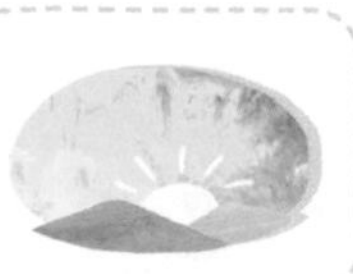

esta tarde

今天下午

esta noche

今天晚上

este sábado

這週六

el próximo lunes

下週一

以上5個單字皆可放在白色框框中，成為完整的句子喔！ 例句Track 24

Me gustaría reservar una mesa para 時間點 a las ocho.

我想要預約 時間點 八點。

時間點

月 日

por la mañana	上午
por la tarde	下午
hoy	今天
mañana	明天
pasado mañana	後天

單字使用方法

以上5個單字皆可放在白色框框中，成為完整的句子喔！

¿A qué hora abre este restaurante 時間點 ?

這間餐廳 時間點 幾點開？

時間點

ayer	昨天
hace unos días	幾天前
a mediodía	中午
de día	白天
de noche	晚上

單字使用方法

以上5個單字皆可放在白色框框中，成為完整的句子喔！

Reserve 時間點 **.**

預約了 時間點 。

TIP 前天：**anteayer**、昨晚：**anoche**

餐廳座位

單字Track 25

una mesa al lado de la ventana	窗邊座位
una mesa en el salón	包廂位置
una mesa tranquila	安靜的座位
una mesa al aire libre	桌子
una mesa en el rincón	景觀座位

以上5個單字皆可放在白色框框中，成為完整的句子喔！例句Track 25

- ¿Sería posible reservar 餐廳座位 ?

餐廳座位 可以預約嗎？

餐廳座位

la sala privada 房間

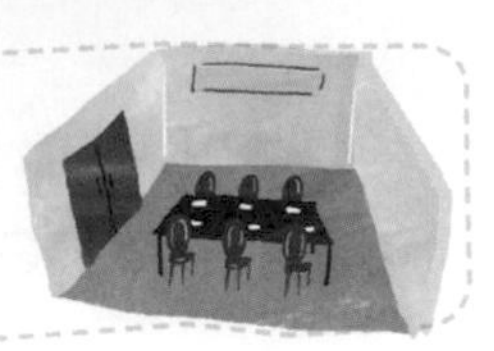

la zona para no fumadores 禁菸區

la zona de fumadores 吸菸區

la terraza 戶外露臺

la sala de fiestas 宴會場地

以上5個單字皆可放在白色框框中，成為完整的句子喔！

La reserva de las mesas en 餐廳座位 **ha terminado.**

餐廳座位 預約滿了。

餐廳用品

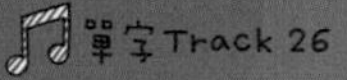

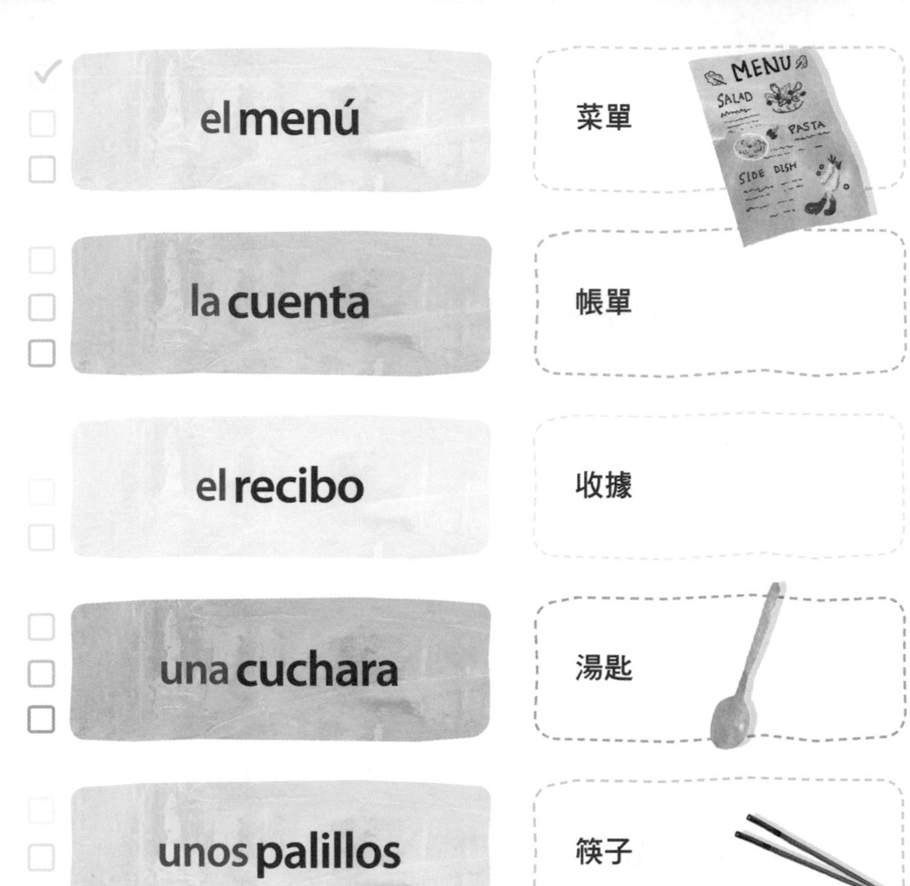

單字使用方法

以上5個單字皆可放在白色框框中，成為完整的句子喔！例句Track 26

- **¿Me podría traer 餐廳用品 , por favor?**

請給我 餐廳用品 好嗎？

TIP：「筷子」務必要用複數！

餐廳用品

una pajita	吸管
una copa	酒杯
un tazón	碗
un plato	盤子
un vaso	杯子

單字使用方法

以上5個單字皆可放在白色框框中，成為完整的句子喔！

Por favor, deme 餐廳用品 **más.**

請再給我一個 餐廳用品 。

TIP: 數形容詞「**un**、**una**」：是「一個的」意思，陽性單數名詞前方用「**un**」，陰性單數名詞前方用「**una**」。

餐廳用品

un tejido mojado	濕紙巾
una servilleta	紙巾
un tenedor	叉子
un cuchillo	刀子
una silla de bebé	兒童椅

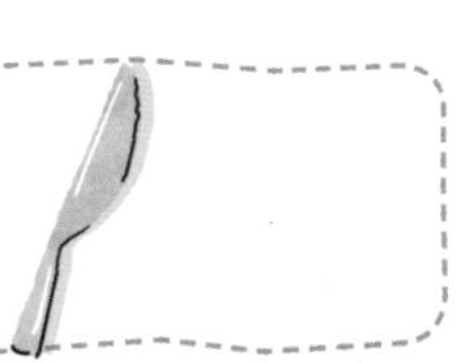

單字使用方法

以上5個單字皆可放在白色框框中，成為完整的句子喔！

¿Tiene 餐廳用品 **?**

有 餐廳用品 嗎？

TIP：數形容詞「**un**、**una**」：是「一個的」意思，陽性單數名詞前方用「**un**」，陰性單數名詞前方用「**una**」。

料理

單字Track 27

月 日

el samgyetang

人蔘雞湯

el bulgogui

烤肉

el bibimpab

拌飯

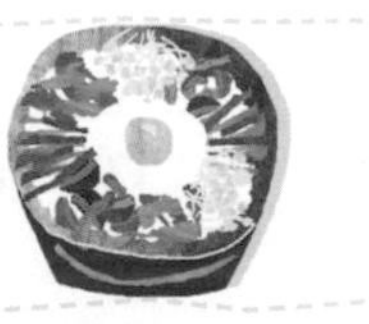

el tteokbokki

辣炒年糕

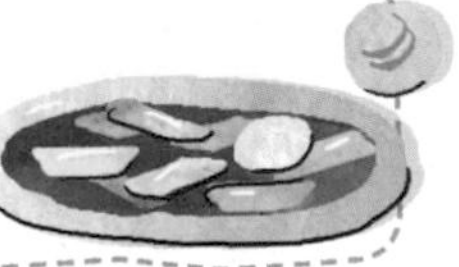

el cerdo agridulce

糖醋肉

單字使用方法

以上5個單字皆可放在白色框框中，成為完整的句子喔！ 例句Track 27

El plato especial de hoy es 料理 **.**

今天的推薦餐點是 料理 。

料理

sushi	生魚片
cerdo empanizado	炸豬排
pizza	披薩
espagueti	義大利麵
bistec	牛排

單字使用方法

以上5個單字皆可放在白色框框中，成為完整的句子喔！

Este(Esta) 料理 es delicioso(-a).

這 料理 很美味。

TIP: 指示形容詞「這」：在陽性名詞前用**este**，在陰性名詞前用**esta**
ex) **Esta pizza es deliciosa.**

料理

hamburguesa	漢堡
tarta	蛋糕
tostada	吐司
helado	冰淇淋
papas fritas	洋芋片

單字使用方法

以上5個單字皆可放在白色框框中，成為完整的句子喔！

Quiero comer 料理 **.**

我想吃 料理 。

querer + 動詞原形：希望做～〔參考 P. 281 附錄__一定要記住的動詞表達〕

西班牙料理

單字Track 28

la paella	西班牙海鮮燉飯
el gazpacho	西班牙涼菜湯
las gambas al ajillo	蒜頭蝦料理
la tortilla de patatas	西班牙蛋餅
el jamón	西班牙火腿

以上5個單字皆可放在白色框框中，成為完整的句子喔！ 例句Track 28

¿Ha probado 西班牙料理 alguna vez?

你有吃過 西班牙料理 嗎？

料理方式

單字Track 29

salteado	炒
horneado	烤
asado	燒烤
frito	炸
hervido	煮

單字使用方法

以上5個單字皆可放在白色框框中，成為完整的句子喔！例句Track 29

- **Está** 料理方式 **.**

  料理方式 過了。

料理方式

cocida	燙
al vapor	蒸
estofada	燉
cocinada	煮熟
cruda	生吃

單字使用方法

以上5個單字皆可放在白色框框中，成為完整的句子喔！

- Esta es la carne de vaca 料理方式 .

這是以 料理方式 做的牛肉。

味道表達

單字Track 30

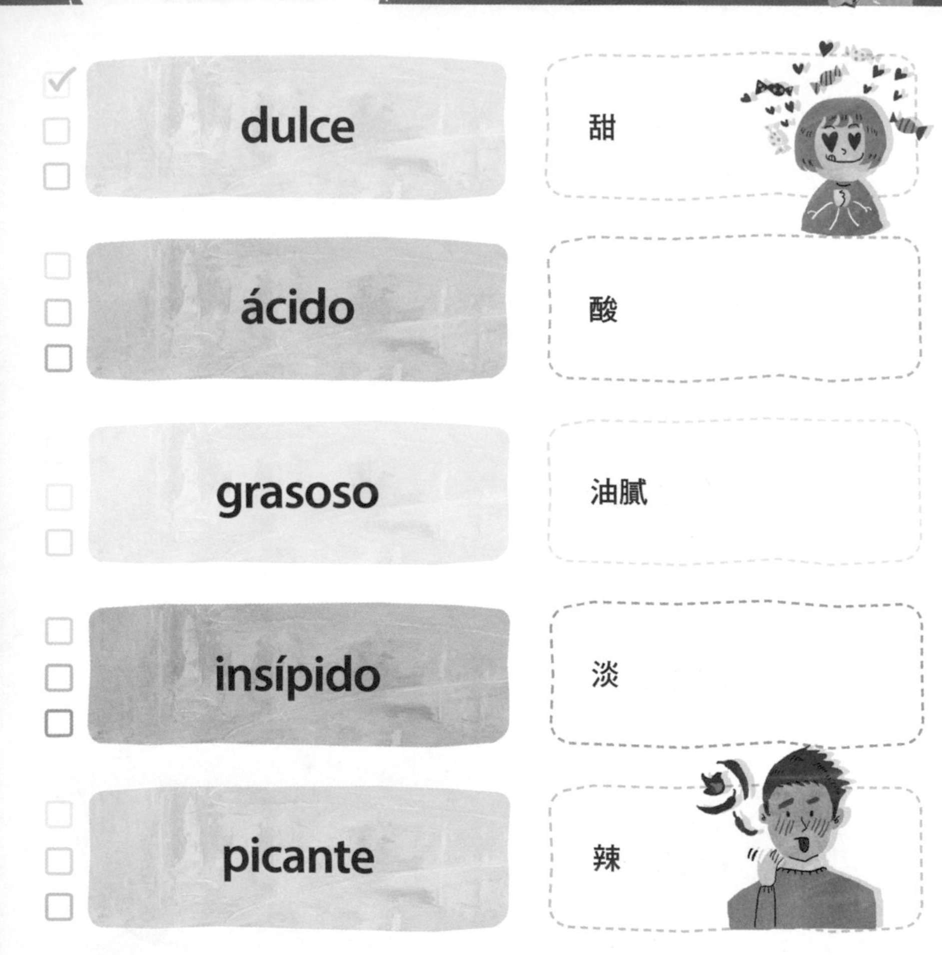

dulce	甜
ácido	酸
grasoso	油膩
insípido	淡
picante	辣

單字使用方法

以上5個單字皆可放在白色框框中，成為完整的句子喔！例句Track 30

Quiero que no esté demasiado 味道表達 **.**

請別做得太 味道表達 。

味道表達

amargo	苦
astringente	澀
fragante	香
salado	鹹
ligero	清淡

以上5個單字皆可放在白色框框中，成為完整的句子喔！

Me gusta el sabor 味道表達 **.**

我喜歡 味道表達 。

調味料

單字Track 31

condimento | 調味料

azúcar | 砂糖

sal | 鹽

vinagre | 食用醋

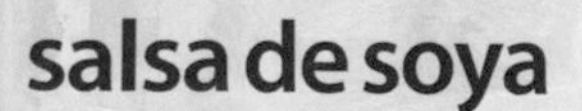

salsa de soya | 醬油

單字使用方法

以上5個單字皆可放在白色框框中，成為完整的句子喔！ 例句Track 31

No ponga 調味料 **, por favor.**

請別加 調味料 。

調味料、香辛料

chile en polvo 辣椒粉

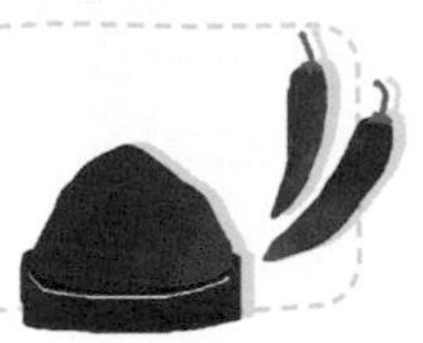

jengibre 生薑

pimienta 胡椒

aceite de oliva 橄欖油

perejil 香芹

以上5個單字皆可放在白色框框中，成為完整的句子喔！

- **Ponga más** 調味料、香辛料 **, por favor.**

請多加點 調味料、香辛料 。

香辛料

單字Track 32

especia	香辛料
clavo	丁香
canela	肉桂
cilantro	香菜
comino	孜然

單字使用方法

以上5個單字皆可放在白色框框中，成為完整的句子喔！ 例句Track 32

No estoy acostumbrado(-a) a comer 香辛料 **.**

我不習慣吃 香辛料 。

TIP: 性數變化(♀)：主語是陰性時，將「**-o**」換成「**-a**」。

✔ 請找出下列和「餐廳物品」相關的單字。

a	g	h	m	j	k	l	p
b	c	u	e	n	t	a	l
c	ñ	m	n	o	l	q	a
d	v	n	ú	l	u	r	t
e	a	o	l	c	ú	c	o
f	s	l	ñ	o	s	e	ñ
r	o	d	e	n	e	t	a
s	ñ	t	a	e	s	a	c

正確答案

menú 菜單 | plato 盤子 | palillos 筷子 | cuenta 帳單 | vaso 杯子 | tenedor 叉子

實戰基礎會話

將單字使用方法的句子帶入會話中，go！go！

A Me gustaría reservar una mesa para esta noche a las ocho.
請幫我預約今天晚上八點的座位。

B ¿Cuántos son? 請問幾位？

A Somos cuatro. 四位。

¿Sería posible reservar una mesa al lado de la ventana?
能預約窗邊位置嗎？

B Sí, claro que sí. 當然可以。

A ¿Me podría traer el menú, por favor?
請給我菜單，好嗎？

B Aquí lo tiene. 在這裡。

實戰基礎會話

將單字使用方法的句子帶入會話中，go！go！

A ¿Cuál es el plato especial de hoy? 今天的推薦料理是什麼？

B El plato especial de hoy es el bulgogui.
今天的推薦料理是烤肉。

A ¿Cómo se cocina? 料理方式是什麼？（怎麼做的呢？）

B Está asado. 烤的。

A Quiero que no esté demasiado dulce.
請不要做得太甜。

B Sí, a sus órdenes. 好的。

A Oiga, no ponga condimento, por favor.
對了，請別加調味料。

B Cómo no, espere un momento. 當然了，請稍等。

06 購物

全～部都買！♪♬

電子產品

單字Track 33

los electrodomésticos

電子產品

la televisión

電視

el aire acondicionado

冷氣

la lavadora

洗衣機

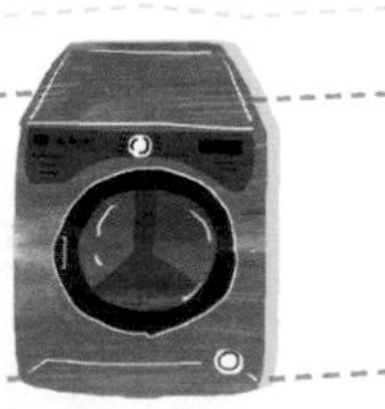

el refrigerador

冰箱

單字使用方法

以上5個單字皆可放在白色框框中，成為完整的句子喔！ 例句Track 33

¿Dónde está(están) 電子產品 ?

電子產品 在哪裡？

TIP: 動詞變化：主語是單數時**está**，主語是複數時**están**

電子產品

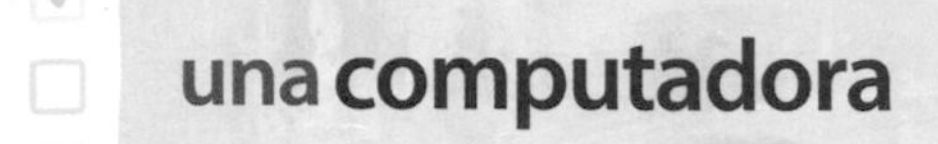

una computadora	電腦
una computadora portátil	筆記型電腦
un horno	烤箱
una aspiradora	吸塵器
una lámpara	檯燈

以上5個單字皆可放在白色框框中，成為完整的句子喔！

Me gustaría comprar 電子產品 .

我想買 電子產品 。

電子產品

el microondas	微波爐
la licuadora	攪拌機
la olla eléctrica	電鍋
el ventilador	電風扇
la estufa de gas	瓦斯爐

以上5個單字皆可放在白色框框中，成為完整的句子喔！

- **Aquí está** 電子產品 **.**

電子產品 在這裡。

電子產品

el altavoz　喇叭

el purificador de agua　飲水機

el humidificador　加濕器

el secador de pelo　吹風機

la plancha　熨斗

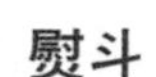

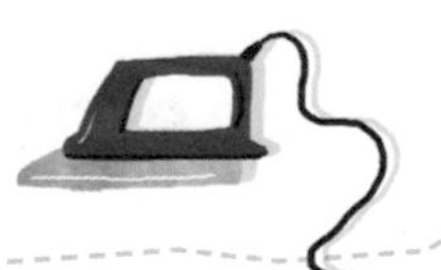

單字使用方法

以上5個單字皆可放在白色框框中，成為完整的句子喔！

¿Y 電子產品 ?

電子產品 呢？

家具

單字Track 34

el mueble	家具
el sofá	沙發
la cama	床
la mesa	桌子
el armario	衣櫥

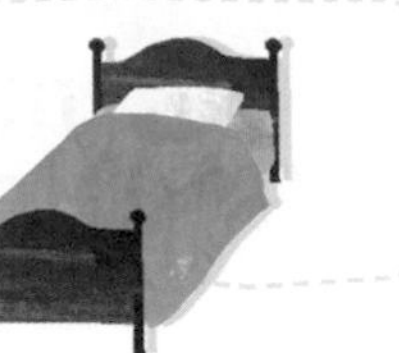

以上5個單字皆可放在白色框框中，成為完整的句子喔！

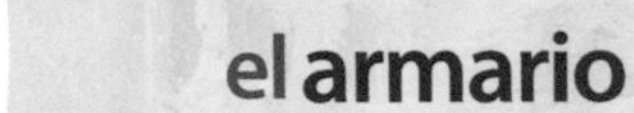

* ¿Dónde está 家具 ?

家具 在哪裡？

家具

estantería	書桌
tocador	化妝台
mueble de televisión	電視櫃
silla	椅子
mesa de comedor	餐桌

單字使用方法

以上5個單字皆可放在白色框框中，成為完整的句子喔！

¿Hay otro diseño de 家具 ?

有其他款的 家具 嗎？

顏色

單字Track 35

rojo
紅色

negro
黑色

blanco
白色

verde
綠色

amarillo
黃色

azul
藍色

gris
灰色

violeta
紫色

rosado
粉紅色

melocotón
桃色

單字使用方法

以上 10個單字皆可放在白色框框中，成為完整的句子喔！ 例句Track 35

¿Hay un sofá de color 顏色 ?

有 顏色 的沙發嗎？

顏色

dorado	金色
plateado	銀色
naranja	橘黃色
beige	象牙色
marrón	褐色
añil, índigo	藍色
suave	淺色
intenso	深色
oscuro	暗色
claro	亮色

單字使用方法

以上10個單字皆可放在白色框框中，成為完整的句子喔！

No hay nada de color 顏色 **.**

沒有東西是 顏色 的。

狀態描述

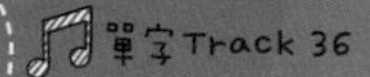

單字使用方法

以上5個單字皆可放在白色框框中，成為完整的句子喔！例句Track 36

¿No hay otro 狀態描述 ?

有沒有其他更 狀態描述 的？

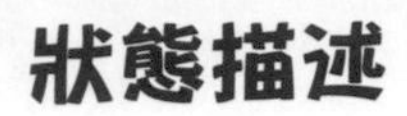

recién lanzado	新的
pasado de moda	舊的
tamaño grande	大尺寸
tamaño mediano	中尺寸
tamaño pequeño	小尺寸

以上5個單字皆可放在白色框框中，成為完整的句子喔！

* **No hay otro (de) 狀態描述 .**

  沒有其他 狀態描述 。

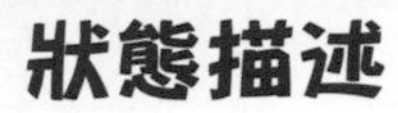

狀態描述

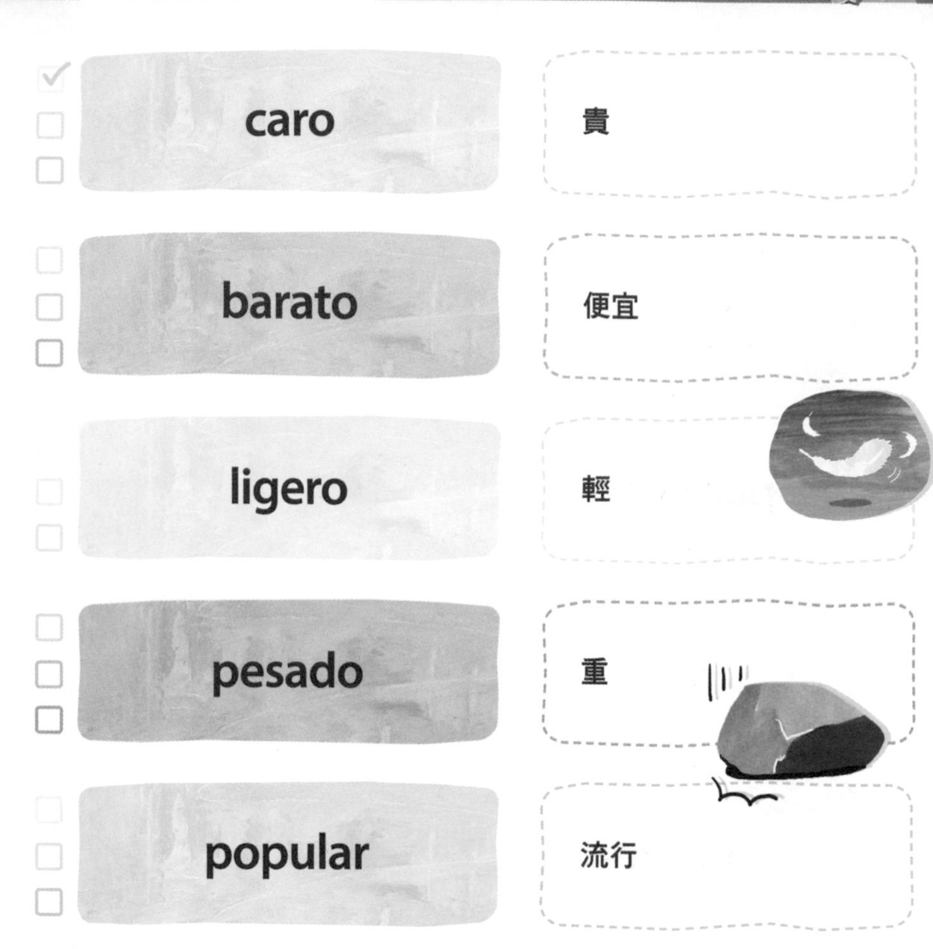

caro	貴
barato	便宜
ligero	輕
pesado	重
popular	流行

單字使用方法

以上5個單字皆可放在白色框框中，成為完整的句子喔！

- Este es el más 狀態描述 .

這是最 狀態描述 的。

衣服

單字Track 37

ropa — 衣服

camisa — 襯衫

pantalones — 褲子

falda — 裙子

vestido — 連身裙

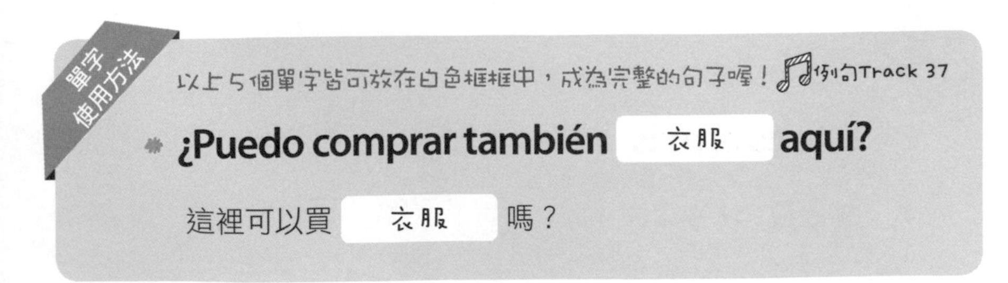

單字使用方法

以上5個單字皆可放在白色框框中，成為完整的句子喔！例句Track 37

¿Puedo comprar también 衣服 aquí?

這裡可以買 衣服 嗎？

衣服

camiseta	T恤
abrigo	大衣
vaqueros	牛仔褲
traje	西裝
vestido de noche	洋裝

單字使用方法

以上5個單字皆可放在白色框框中，成為完整的句子喔！

Quiero comprar 衣服 **.**

我想買 衣服 。

衣服

una ropa interior	內衣
un suéter	毛衣
unas mallas	內搭褲
un bikini	比基尼
un traje de baño	泳衣

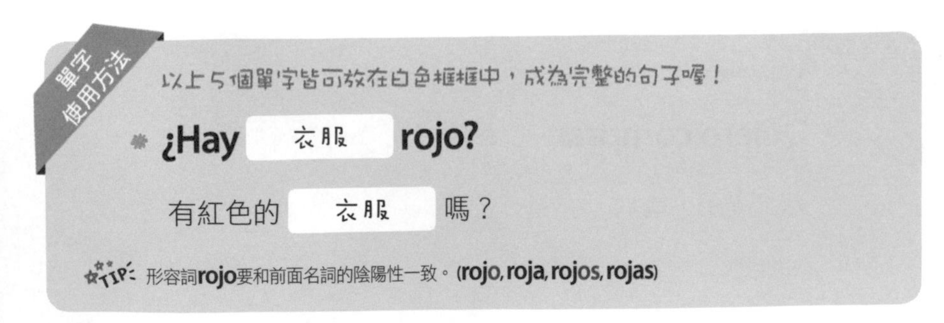

單字使用方法

以上5個單字皆可放在白色框框中，成為完整的句子喔！

¿Hay 衣服 **rojo?**

有紅色的 衣服 嗎？

TIP 形容詞**rojo**要和前面名詞的陰陽性一致。**(rojo, roja, rojos, rojas)**

衣服

las chaquetas	夾克
la ropa deportiva	運動服
los pantalones cortos	短褲
los chalecos	背心
los trajes de etiqueta	禮服

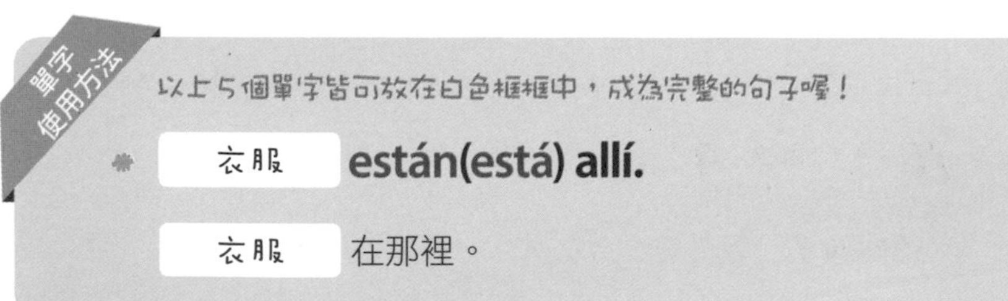

單字使用方法

以上5個單字皆可放在白色框框中，成為完整的句子喔！

衣服 **están(está) allí.**

衣服 在那裡。

流行用品

單字Track 38

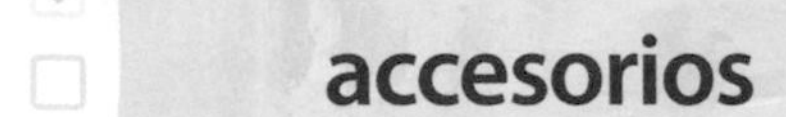

accesorios	飾品
pendientes	耳環
collar	項鍊
anillo	戒指
gafas de sol	太陽眼鏡

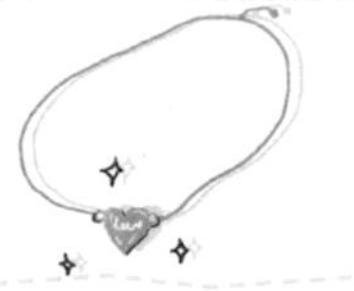

以上5個單字皆可放在白色框框中，成為完整的句子喔！ 例句Track 38

¿Y 流行用品 **?**

流行用品 呢？

流行用品

gorra

帽子

corbata

領帶

guantes

手套

bolso

包包

pañuelo

絲巾

單字使用方法

以上5個單字皆可放在白色框框中，成為完整的句子喔！

¿No hay otro diseño de 流行用品 **?**

沒有其他款式的 流行用品 嗎？

日常用品

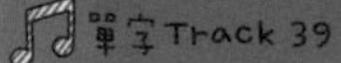

zapatos	高跟鞋
zapatillas	涼鞋
cinturón	皮帶
cojín	坐墊
cortaúñas	指甲剪

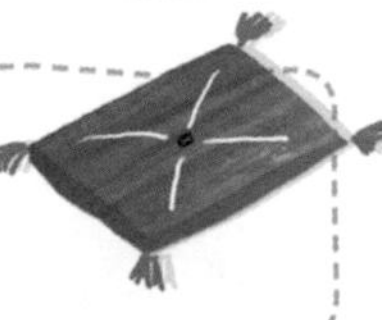

單字使用方法

以上5個單字皆可放在白色框框中，成為完整的句子喔！例句Track 39

- **En nuestra tienda no hay 日常用品 .**

我們店裡沒有 日常用品 。

付款方式

單字Track 40

tarjeta de crédito	信用卡
(en) efectivo	現金
tarjeta de débito	金融卡
cheque	支票
vale de regalo	商品券

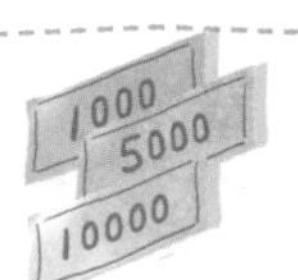

單字使用方法

以上5個單字皆可放在白色框框中，成為完整的句子喔！例句Track 40

Voy a pagar con(en) 付款方式 .

我要用 付款方式 付款。

TIP: 「用現金」的前置詞不是**con**而是**en**：**Voy a pagar en efectivo.**

付款方式

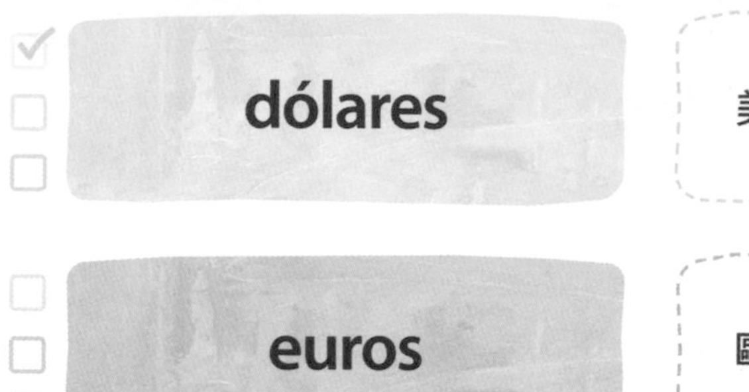

dólares

美金

euros

歐元

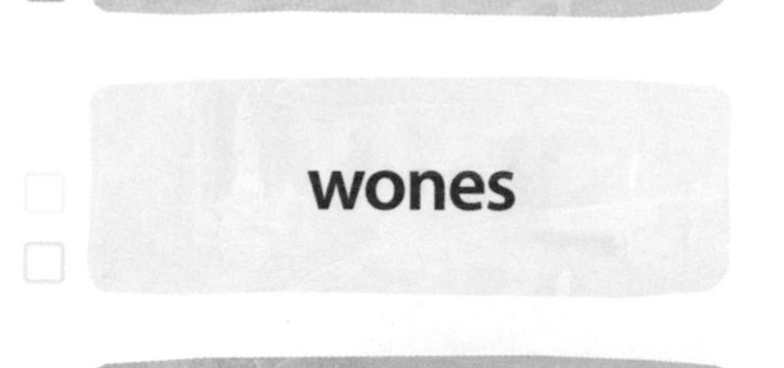

wones

韓幣

PayWave

PayWave

Apple Pay

Apple Pay

以上5個單字皆可放在白色框框中，成為完整的句子喔！

* ¿Se puede pagar con 付款方式 ?

可以用 付款方式 付款嗎？

付款表達

單字Track 41

月　日

un pago a plazos　分期付款

un descuento　折扣

una devolución　退貨

un reembolso　退款

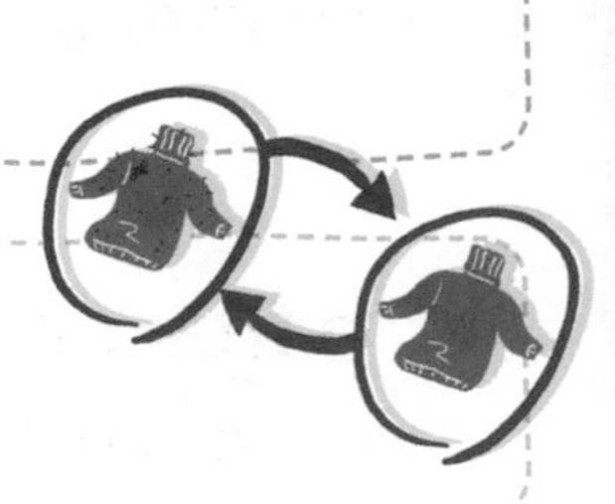

un cambio　換貨

以上5個單字皆可放在白色框框中，成為完整的句子喔！ 例句Track 41

¿Se puede hacer 付款表達 ?

可以 付款表達 嗎？

付款表達

el pedido de reserva — 預訂

el envío por servicio de mensajería — 包裹配送

la transferencia bancaria — 帳戶匯款

envolver por separado — 個別包裝

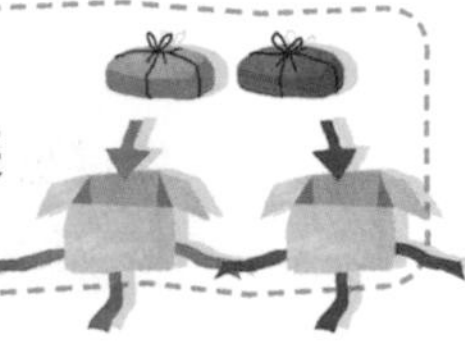

pagar en efectivo a la entrega — 貨到付款

單字使用方法

以上5個單字皆可放在白色框框中，成為完整的句子喔！

¿Se puede 付款表達 ?

可以 付款表達 嗎？

✔ 請依序找出對應彩虹顏色的西班牙語單字。

正確答案

❶ rojo ❷ naranja ❸ amarillo ❹ verde ❺ azul ❻ añil ❼ violeta

將單字使用方法的句子帶入會話中，go！go！

A ¿Dónde está la lavadora? 洗衣機在哪裡？？

B Los electrodomesticos están en el segundo piso.
電子產品在二樓。

A ¿Dónde está el sofá? 沙發在哪裡？

B Los muebles están en el cuarto piso.
家具在四樓。

A ¿Hay un sofá de color blanco? 有白色的沙發嗎？

B Sí. ¿De qué tipo lo quiere? 有，您想要哪一種的呢？

A ¿No hay otro grande? 沒有更大的嗎？

B No, lo siento. 沒有，抱歉。

實戰基礎會話

將單字使用方法的句子帶入會話中，go！go！

A ¿Puedo comprar también ropa aquí?
這裡能買衣服嗎？

B Claro, está en el tercer piso. 當然，在三樓。

A ¿Y accesorios? 飾品呢？

B Están aquí. 在這裡。

A Voy a pagar en efectivo. 我用現金付款。

B Muy bien. 好的。

A ¿Se puede envolver por separado? 可以分開包裝嗎？

B Por supuesto. 當然可以。

衣服
流行用品
付款方式
付款表達

07 超市

我在補貨中～

水果

單字Track 42

fruta	水果
manzana	蘋果
sandía	西瓜
uva	葡萄
fresa	草莓

單字使用方法

以上5個單字皆可放在白色框框中，成為完整的句子喔！ 例句Track 42

¿Tiene 水果 **?**

有 水果 嗎？

水果

月 日

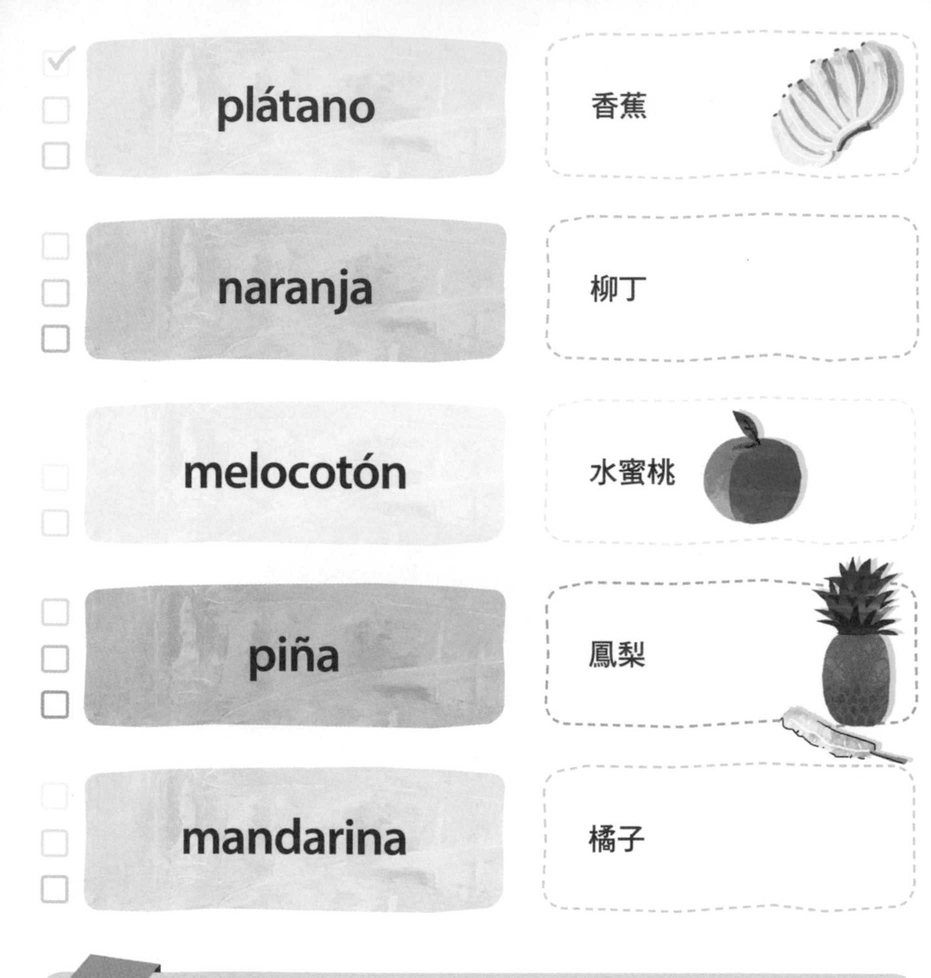
plátano
香蕉
naranja
柳丁
melocotón
水蜜桃
piña
鳳梨
mandarina
橘子

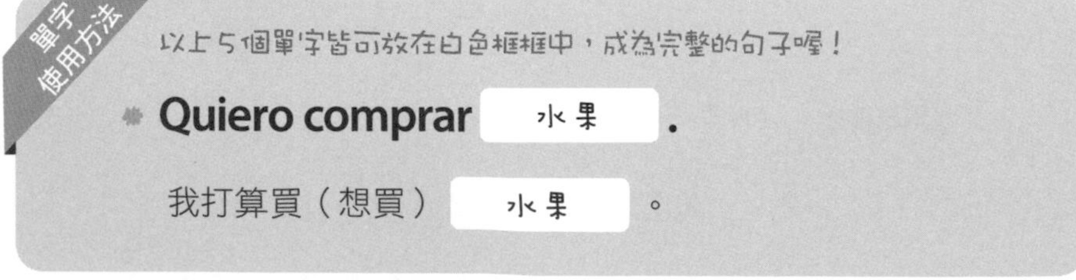
單字使用方法
以上5個單字皆可放在白色框框中，成為完整的句子喔！
Quiero comprar 水果 .
我打算買（想買） 水果 。

水果

el melón	哈密瓜
el mango	芒果
la pera	梨子
la cereza	柿子
el kiwi	奇異果

單字使用方法

以上5個單字皆可放在白色框框中，成為完整的句子喔！

- **¿Está bueno(-a) 水果 ?**

水果 好吃嗎？

蔬菜

單字Track 43

月 日

los vegetales	蔬菜
los repollos	白菜
las calabazas	南瓜
las zanahorias	紅蘿蔔
los tomates	辣椒

單字使用方法

以上5個單字皆可放在白色框框中，成為完整的句子喔！ 例句Track 43

¿Dónde están 蔬菜 ?

蔬菜 在哪裡？

蔬菜

el nabo	蘿蔔
el apio	芹菜
el pimiento	青椒
el chile	辣椒
el brócoli	花椰菜

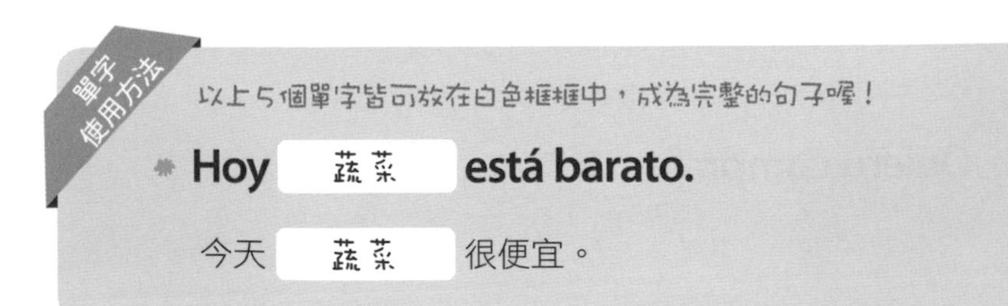

單字使用方法

以上5個單字皆可放在白色框框中，成為完整的句子喔！

Hoy 蔬菜 **está barato.**

今天 蔬菜 很便宜。

蔬菜

maíz	玉米
col china	高麗菜
batata	地瓜
patata	馬鈴薯
champiñón	香菇

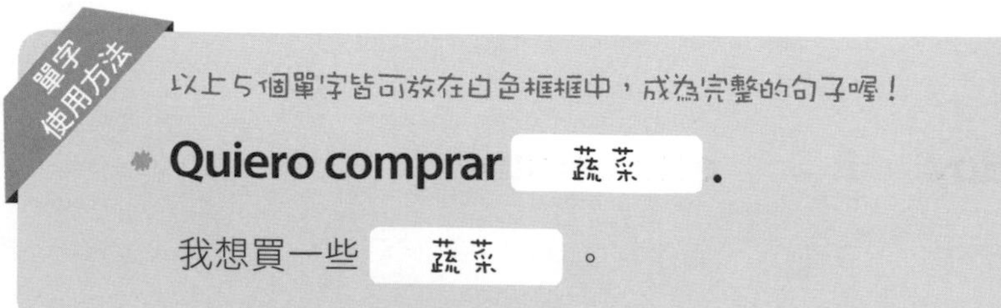

單字使用方法

以上5個單字皆可放在白色框框中，成為完整的句子喔！

Quiero comprar 蔬菜 .

我想買一些 蔬菜 。

蔬菜

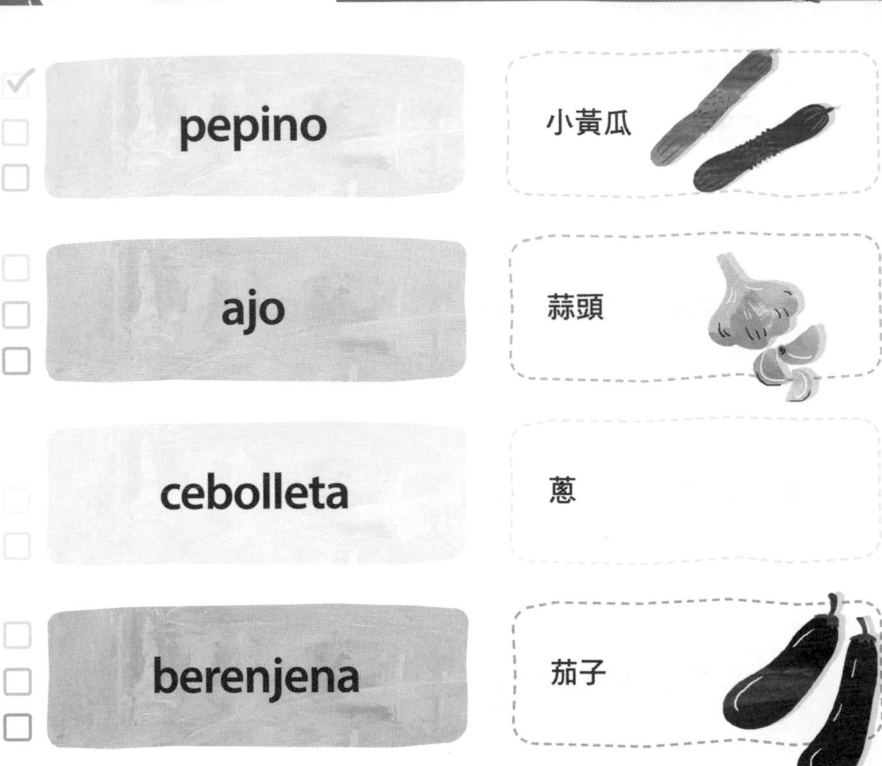

pepino	小黃瓜
ajo	蒜頭
cebolleta	蔥
berenjena	茄子
cebolla	洋蔥

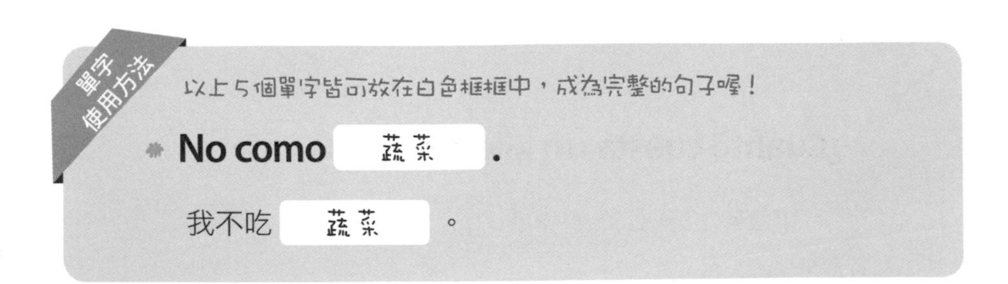

單字使用方法

以上5個單字皆可放在白色框框中，成為完整的句子喔！

No como 蔬菜 **.**

我不吃 蔬菜 。

肉類

單字Track 44

carne de vaca	牛肉
carne de cerdo	豬肉
carne de cordero	羊肉
carne de pollo	雞肉
carne de pato	鴨肉

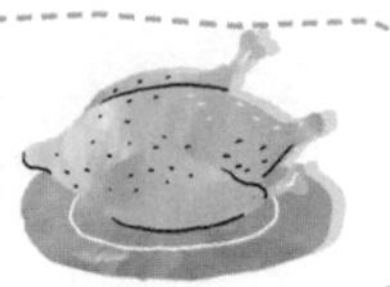

以上5個單字皆可放在白色框框中，成為完整的句子喔！ 例句Track 44

¿Cuánto cuesta un kilo de 肉類 ?

肉類 一公斤多少？

肉類

la carne	肉
los huevos	雞蛋
las costillas	排骨
las alitas de pollo	雞翅
las pechugas de pollo	雞胸肉

單字使用方法

以上5個單字皆可放在白色框框中，成為完整的句子喔！

* ¿Cómo se cocina(-an) 肉類 para salir bien?

肉類 要怎麼料理？

月　日

堅果類

單字Track 45

frutos secos	堅果類
semilla de girasol	葵花籽
castaña	栗子
pacana	胡桃
nuez	核桃

單字使用方法

以上5個單字皆可放在白色框框中，成為完整的句子喔！例句Track 45

¿Come 堅果類 ?

你吃 堅果類 嗎？

堅果類

la almendra	杏仁
el pistacho	開心果
la macadamia	夏威夷果
el anacardo	腰果
el cacahuete	花生

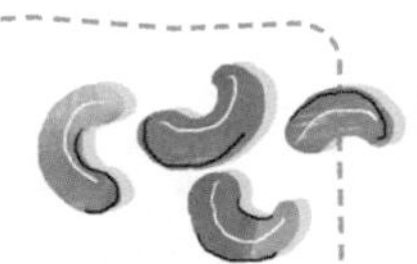

單字使用方法

以上5個單字皆可放在白色框框中，成為完整的句子喔！

Soy alérgico a 堅果類 **.**

我對 堅果類 過敏。

TIP: 注意發音：**a + el = al**

海鮮類

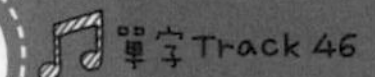

los mariscos	海鮮
los pescados	魚
los camarones	蝦子
los cangrejos	螃蟹
los pulpos	章魚

以上5個單字皆可放在白色框框中，成為完整的句子喔！ 例句Track 46

- **¿Están frescos** 海鮮類 **?**

  海鮮類 新鮮嗎？

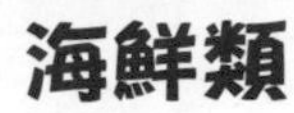

海鮮類

el calamar	魷魚
la langosta	龍蝦
el cangrejo real	帝王蟹
la anguila	鰻魚
el lenguado	比目魚

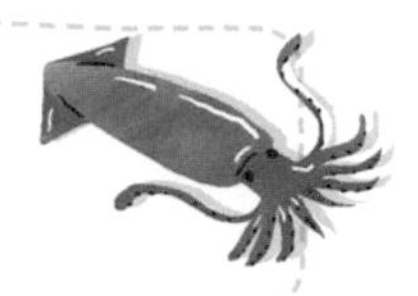

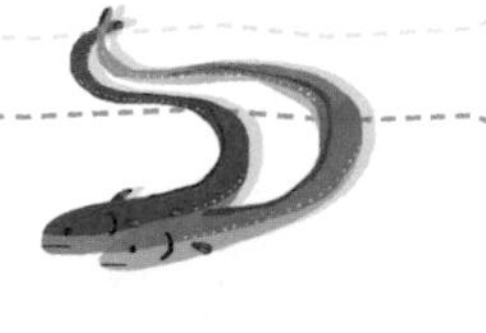

以上5個單字皆可放在白色框框中，成為完整的句子喔！

- **¿Cuánto cuesta** 海鮮類 **?**

海鮮類 怎麼賣？（多少錢？）

海鮮類

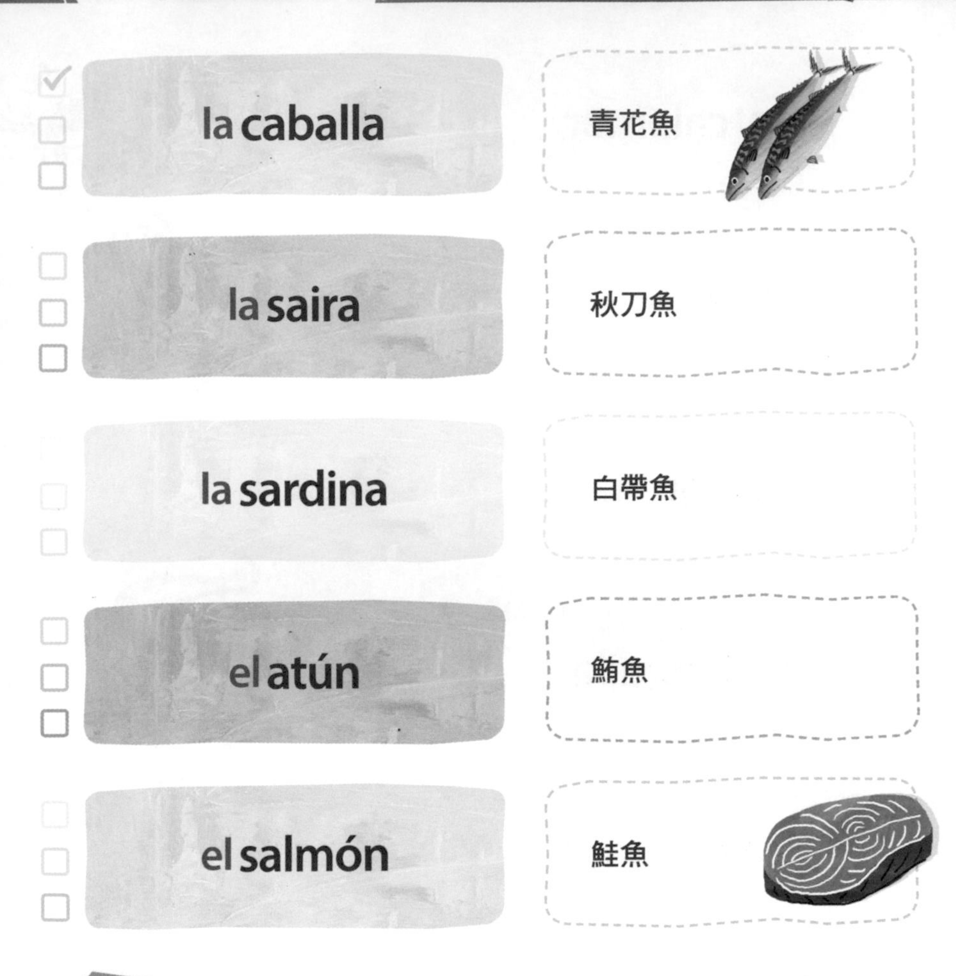

la caballa	青花魚
la saira	秋刀魚
la sardina	白帶魚
el atún	鮪魚
el salmón	鮭魚

單字使用方法

以上5個單字皆可放在白色框框中，成為完整的句子喔！

- **Hoy 海鮮類 está muy fresco(-a).**

今天的 海鮮類 很新鮮。

海鮮類

月　日

單字使用方法

以上5個單字皆可放在白色框框中，成為完整的句子喔！

- **Casi no como** 海鮮類 **.**

我不吃 海鮮類 。

飲料

單字Track 47

月　日

refresco	飲料
agua mineral	礦泉水
leche	牛奶
yogur	優格
jugo	果汁

單字使用方法

以上5個單字皆可放在白色框框中，成為完整的句子喔！例句Track 47

- **Quiero comprar unas botellas de 飲料.**

我要買幾罐 飲料 。

飲料

Coca-Cola	可樂
sprite	雪碧
agua con gas	汽水
café	咖啡
té con leche	奶茶

單字使用方法

以上5個單字皆可放在白色框框中，成為完整的句子喔！

- Quiero beber 飲料 .

我想喝 飲料 。

飲料

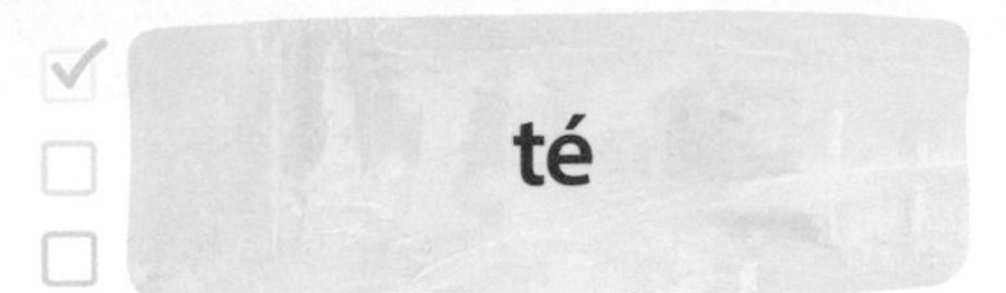
té

茶

té de manzanilla

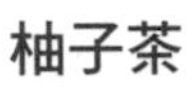

té de limón

chocolate caliente

熱巧克力

batido de frutas

果昔

以上5個單字皆可放在白色框框中，成為完整的句子喔！

Deme una taza de 飲料 **, por favor.**

請給我一杯 飲料 。

酒類

單字Track 48

月 日

licor	酒類
vino	紅酒
cerveza	啤酒
tequila	龍舌蘭酒
soju	燒酒

單字使用方法

以上5個單字皆可放在白色框框中，成為完整的句子喔！例句Track 48

- ¿No tiene 酒類 ?

沒有 酒類 嗎？

酒類

el makgeolli el vino de arroz	馬格麗酒
el champán	香檳
el whisky	威士忌
el cóctel	雞尾酒
el vodka	伏特加

單字使用方法

以上5個單字皆可放在白色框框中，成為完整的句子喔！

酒類 **está agotado.**

酒類 全部都賣完了。

✔ 請畫出對應西班牙語單字的圖。

plátano	nuez
champiñón	jugo
vino	calamar

正確答案

plátano 香蕉 | nuez 核桃 | champiñón 香菇 | jugo 果汁 | vino 紅酒 | calamar 魷魚

將單字使用方法的句子帶入會話中，go！go！

A ¿Tiene manzana? 有蘋果嗎?

B Sí. ¿Cuántas quiere? 有，需要幾顆呢?

A Deme tres. ¿Dónde están las zanahorias?
請給我三顆。紅蘿蔔在哪裡呢?

B Están allí. 在那裡。

A ¿Cuánto cuesta un kilo de carne de vaca?
牛肉一公斤多少?

B Un kilo de carne de vaca cuesta quince euros.
一公斤15歐元。

B ¿No necesita los frutos secos? 需要堅果嗎？

A Soy alérgico al cacahuete. 我對花生過敏。

水果

蔬菜

肉類

堅果類

將單字使用方法的句子帶入會話中，go！go！

海鮮類

A ¿Están frescos los camarones? 蝦子新鮮嗎？

B Hoy el calamar está más fresco.
今天魷魚更新鮮。

飲料

A Ah, quiero comprar unas botellas de agua mineral.
對了，我要買幾罐礦泉水。

B Los refrescos están aquí. 飲料在這邊。

酒類

A ¿No tiene vino? 沒有紅酒嗎？

B El vino está agotado. 紅酒全都賣完了。

08 醫院

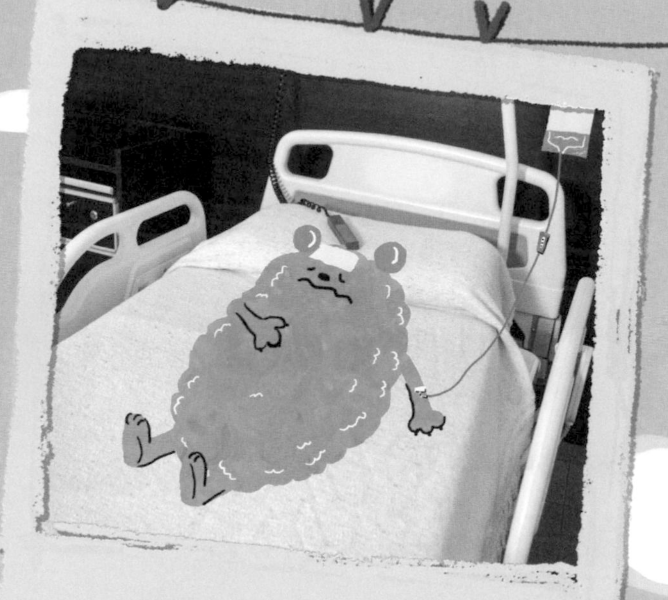

小怪獸生病了… TT

身體部位

單字Track 49

月　日

la cabeza	頭
el estómago	肚子
la garganta	喉嚨
el cuello	脖子
todo el cuerpo	全身

單字使用方法

以上5個單字皆可放在白色框框中，成為完整的句子喔！例句Track 49

Me duele 身體部位 **.**

我 身體部位 不舒服。

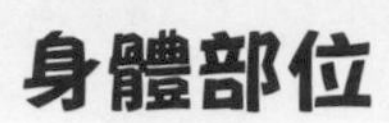

los ojos	眼睛
las piernas	腿
los dientes	牙齒
los hombros	肩膀
los brazos	手臂

單字使用方法

以上5個單字皆可放在白色框框中，成為完整的句子喔！

Me duelen mucho 身體部位 **.**

我 身體部位 很痛。

身體部位

la oreja	耳朵
el pie	腳
las rodillas	膝蓋 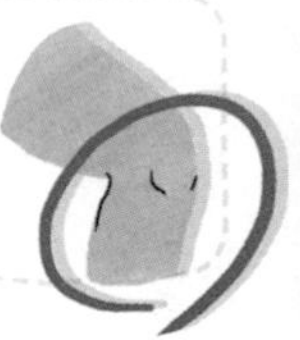
los dedos	手指 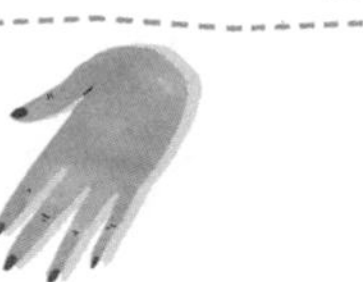
los dedos del pie	腳趾

以上5個單字皆可放在白色框框中，成為完整的句子喔！

Siento un malestar en 身體部位 **.**

我 身體部位 不方便。

身體部位

la cintura	腰
la espalda	背
la piel	皮膚
la nariz	鼻子
el pecho	胸部

單字使用方法

以上5個單字皆可放在白色框框中，成為完整的句子喔！

¿Todavía le duele 身體部位 ?

你 身體部位 還痛嗎？

身體部位

月　日

la cara	臉
la frente	額頭
la boca	嘴巴
las nalgas	屁股
la muñeca	手腕

以上5個單字皆可放在白色框框中，成為完整的句子喔！

Me lastimé 身體部位 .

身體部位 受傷了。

TIP 右側屁股：la nalga derecha
左側屁股：la nalga izquierda

身體症狀

單字 Track 50

moco	流鼻水
fiebre	發燒
mareo	頭暈
indigestión	消化不良
náusea	想吐

以上5個單字皆可放在白色框框中，成為完整的句子喔！ 例句 Track 50

¿Tiene 身體症狀 **?**

你 身體症狀 嗎？

TIP: 動詞 **tener** +〔身體症狀〕：有〔身體症狀〕

身體症狀

alergia	過敏
rinitis	鼻炎
gastritis	胃炎
insomnio	不眠症
dolor menstrual	生理痛

以上5個單字皆可放在白色框框中，成為完整的句子喔！

¿Tiene 身體症狀 o no?

你有沒有 身體症狀 ？

身體症狀

- **tos** 咳嗽
- **estornudo** 打噴嚏
- **diarrea** 腹瀉
- **vómito** 嘔吐
- **calambre** 抽筋

單字使用方法

以上5個單字皆可放在白色框框中，成為完整的句子喔！

También tengo 身體症狀 **.**

我也有 身體症狀 。

身體症狀

gripe

感冒

hipertensión

高血壓

apendicitis

盲腸炎

intoxicación alimentaria

食物中毒

insolación

中暑

以上5個單字皆可放在白色框框中，成為完整的句子喔！

Ella tiene 身體症狀 .

她得了 身體症狀 。

受傷

單字Track 51

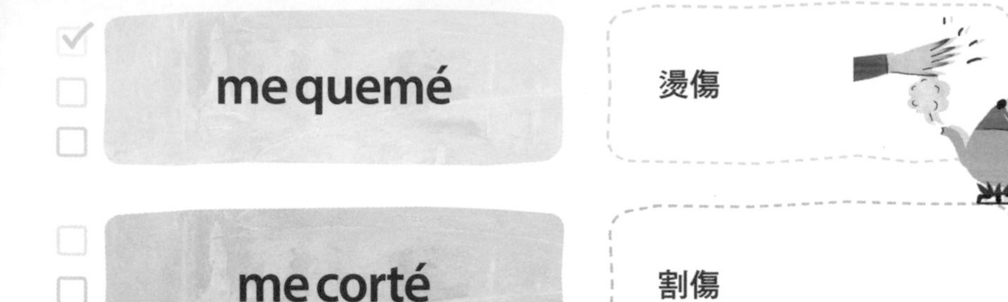

me quemé	燙傷
me corté	割傷
me torcí	扭傷
me rompí	骨折
me golpeé	摔傷

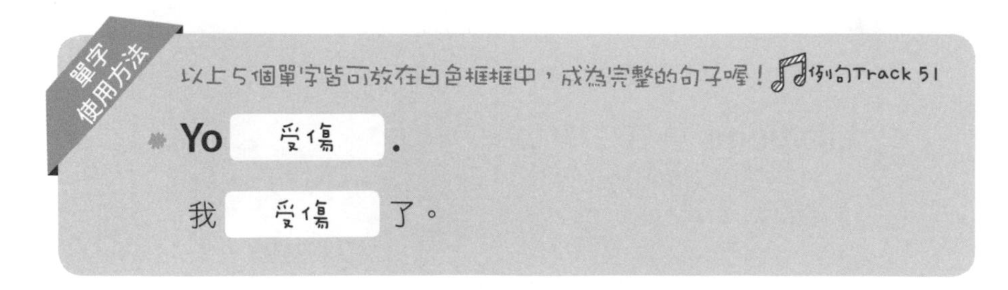

單字使用方法

以上5個單字皆可放在白色框框中，成為完整的句子喔！例句Track 51

Yo 受傷 .

我 受傷 了。

看診與處理

♫單字Track 52

recetar una medicina

吃藥

poner una inyección

打針

tomar la temperatura

量體溫

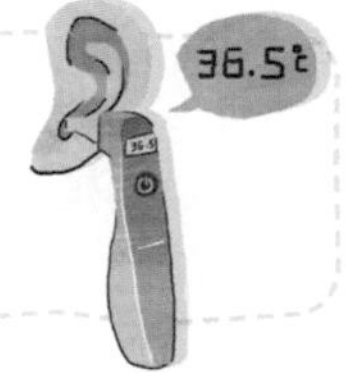

tomar una radiografía

照X光

desinfectar la herida

傷口消毒

以上5個單字皆可放在白色框框中，成為完整的句子喔！♫例句Track 52

- **Le voy a** 看診與處理 **.**

  你需要 看診與處理 。

看診與處理

月　日

registrarme	接受護理
consultar al doctor	看診
hospitalizarme	住院
dejar el hospital	出院
hacer un examen físico	身體檢查

以上5個單字皆可放在白色框框中，成為完整的句子喔！

¿Puedo 看診與處理 ahora?

現在可以 看診與處理 嗎？

看診與處理

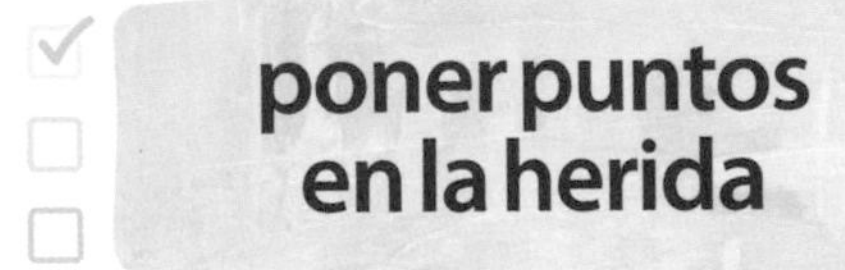

poner puntos en la herida	縫合
poner suero	吊點滴
poner un yeso	打石膏
operar	動手術
sacar el diente	拔牙

單字使用方法

以上5個單字皆可放在白色框框中，成為完整的句子喔！

* **Vaya al hospital para que le puedan** 看診與處理 **.**

請去醫院 看診與處理 。

藥

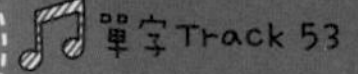

una medicina para la gripe	感冒藥
un digestivo	消化藥
una pastilla contra el mareo	暈車藥
una tirita	OK蹦
unas gotas para los ojos	眼藥水

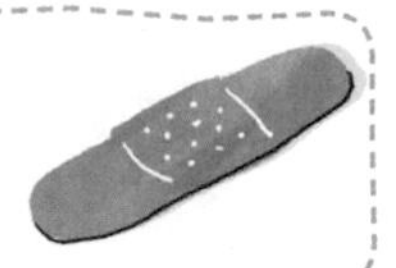

單字使用方法

以上5個單字皆可放在白色框框中，成為完整的句子喔！例句Track 53

Quiero comprar ［藥］.

我要買［藥］。

藥

un desinfectante 消毒水

una pomada 軟膏

un parche medicado 貼布

una venda 繃帶

una gasa 紗布

以上5個單字皆可放在白色框框中，成為完整的句子喔！

- **Deme** 藥 **, por favor.**

請給我 藥 。

藥

medicamento gastrointestinal	腸胃藥
analgésico	鎮痛劑
laxante	便祕藥
vitaminas	維他命
paracetamol	解熱劑

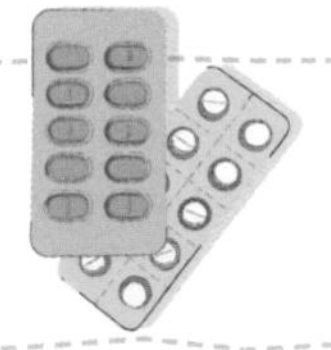

以上5個單字皆可放在白色框框中，成為完整的句子喔！

Tome [藥] después de la comida.

[藥] 請在飯後吃。

✔ 請在範例中找出對應圖的身體部位，並填入空格。

範例

cabeza	oreja	nariz
boca	pie	hombro
brazo	ojo	dedo

正確答案

❶ cabeza ❷ ojo ❸ nariz ❹ oreja ❺ boca ❻ hombro ❼ brazo
❽ dedo ❾ pie

將單字使用方法的句子帶入會話中，go！go！

A ¿Dónde le duele? 哪裡不舒服？

B Me duele la cabeza. 頭痛。

A ¿Tiene fiebre? 發燒嗎？

B Sí, también tengo tos. 對，也有咳嗽。

A Tiene gripe. Le voy a recetar una medicina.
是感冒呢，您要吃藥。

B Sí, gracias. 我知道了。

A Buenas tardes, ¿qué necesita usted?
歡迎光臨，您需要什麼？

B Quiero comprar una medicina para la gripe.
我想買感冒藥。

09 學校、職場

我想下班…

別加班 !!

學校地點

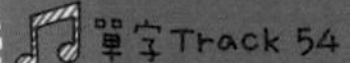

la escuela	學校
el aula	教室
el dormitorio	宿舍
la sala de conferencias	授課教室
la biblioteca	圖書館

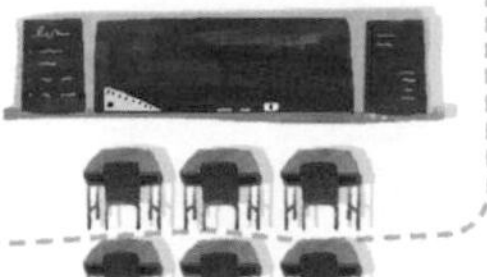

單字使用方法

以上5個單字皆可放在白色框框中，成為完整的句子喔！例句Track 54

Estoy en 學校地點 **.**

我在 學校地點 。

月 日

學校地點

el comedor para estudiantes	學生餐廳
el auditorio	講堂
el estadio	操場
la tienda	商店
la piscina	游泳池

單字使用方法

以上5個單字皆可放在白色框框中，成為完整的句子喔！

Él no está en 學校地點 **.**

他不在 學校地點 。

月 日

學校地點

la oficina	教務室
el laboratorio	實驗室
la cancha de tenis	網球場
la sala de computadoras	電腦教室
la sala de música	音樂教室

單字使用方法

以上5個單字皆可放在白色框框中，成為完整的句子喔！

¿Está el profesor en 學校地點 ?

老師在 學校地點 嗎？

科目

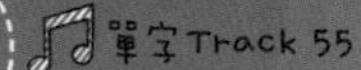

historia	歷史
matemáticas	數學
biología	生物學
idioma extranjero	外語
marketing	行銷

單字使用方法

以上5個單字皆可放在白色框框中，成為完整的句子喔！ 例句Track 55

Tengo clase de 科目 hoy.

我今天有 科目 課。

科目

arte	美術
filosofía	哲學
arquitectura	建築學
sociología	社會學
literatura	文學

單字使用方法

以上5個單字皆可放在白色框框中，成為完整的句子喔！

No tengo clase de 科目 hoy.

我今天沒有 科目 課。

科目

月　日

humanidades	人文學
ciencia	科學
derecho	法律
medicina	醫學
psicología	心理學

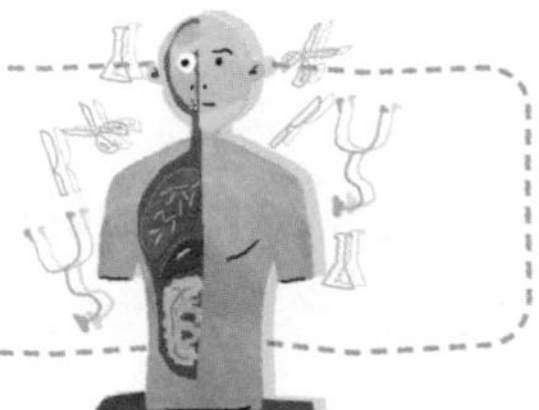

以上5個單字皆可放在白色框框中，成為完整的句子喔！

¿Tiene clase de 科目 mañana?

明天有 科目 課嗎？

學校生活

單字Track 56

月 日

ir a la escuela	上學
tener clase	上課
terminar la clase	下課
graduarse	畢業
tener examen	考試

單字使用方法

以上5個單字皆可放在白色框框中，成為完整的句子喔！例句Track 56

¿Cuándo va a 學校生活 ?

什麼時候 學校生活 ？

學校生活

las vacaciones de invierno

寒假

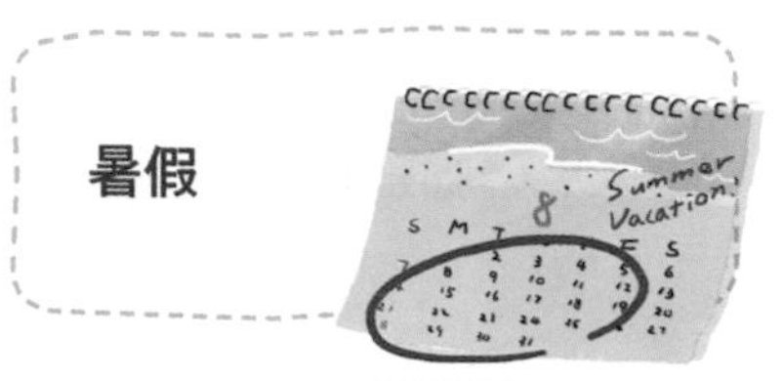

las vacaciones de verano

暑假

el examen intermedio

期中考

el examen final

期末考

la fiesta universitaria

大學園遊會

單字使用方法

以上 5 個單字皆可放在白色框框中，成為完整的句子喔！

¿Cuándo empieza(-an) 學校生活 **?**

學校生活 什麼時候開始？

TIP: 主語是複數時，要用動詞 **empiezan**（寒假、暑假都用複數）

學校生活

ingresó a la escuela	入學
se inscribió	選課
se unió a un club	加入社團
faltó a la clase	缺席
salió temprano de la clase	早退

以上5個單字皆可放在白色框框中，成為完整的句子喔！

¿Ella 學校生活 ?

她 學校生活 了嗎？

文具類

單字Track 57

un lápiz	鉛筆
un bolígrafo	原子筆
un portaminas	自動筆
una goma de borrar	橡皮擦
una cinta correctora	修正帶

以上5個單字皆可放在白色框框中，成為完整的句子喔！例句Track 57

¿Me puede prestar 文具類 ?

可以借我 文具類 嗎？

文具類

tijeras	剪刀
post-it	便利貼
pegamento	膠水
cinta adhesiva	膠帶
marcador	螢光筆

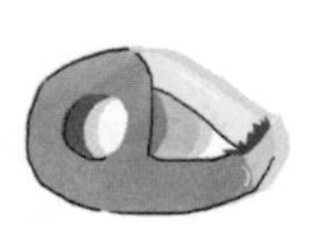

單字使用方法

以上5個單字皆可放在白色框框中，成為完整的句子喔！

¿Tiene usted 文具類 o no?

你有沒有 文具類 ？

教室用品

單字 Track 58

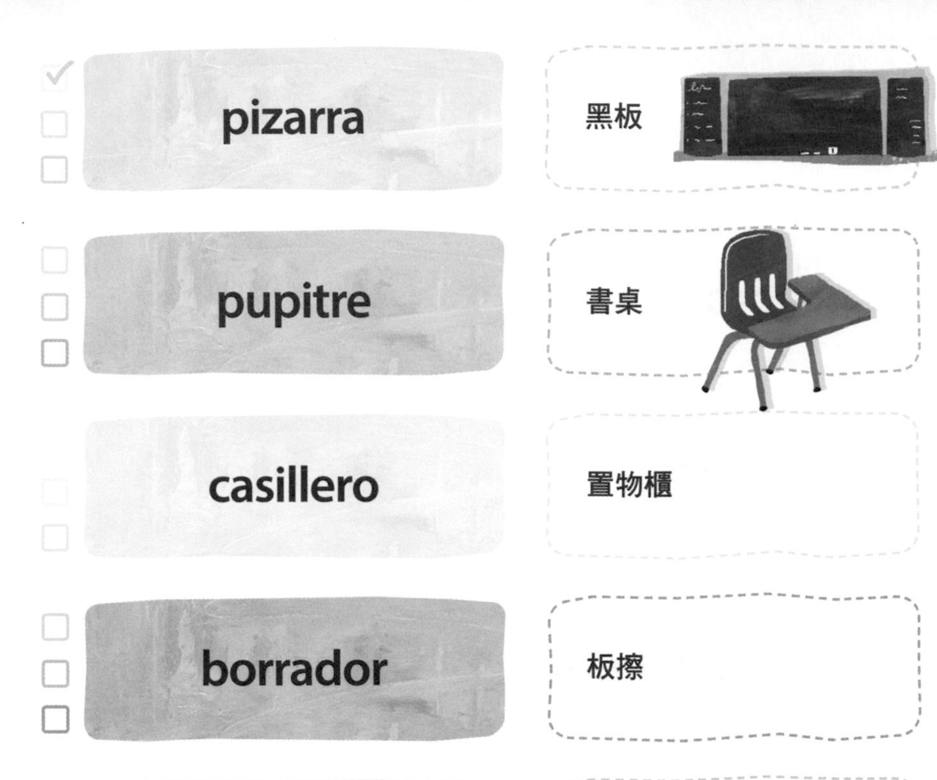

pizarra	黑板
pupitre	書桌
casillero	置物櫃
borrador	板擦
tiza	粉筆

單字使用方法

以上5個單字皆可放在白色框框中，成為完整的句子喔！例句Track 58

Aquí no hay 教室用品 .

這裡沒有 教室用品 。

教室用品

diccionario	字典
libro de texto	教科書
libro	書
cuaderno	筆記本
estuche	筆筒

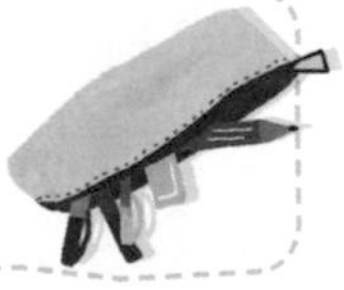

單字使用方法

以上5個單字皆可放在白色框框中，成為完整的句子喔！

No tengo 教室用品 **.**

我沒有 教室用品 。

事務用品

單字 Track 59

fotocopiadora	影印機
impresora	印表機
calculadora	計算機
memoria USB	USB

單字使用方法

以上4個單字皆可放在白色框框中，成為完整的句子喔！ 例句Track 59

Esta 事務用品 está rota.

事務用品 故障了。

職位

單字Track 60

el jefe	組長
el director ejecutivo	最高經營者
el supervisor	監督者
el empleado	一般員工
el compañero de trabajo	職場同事

單字使用方法

以上5個單字皆可放在白色框框中，成為完整的句子喔！例句Track 60

¿Adónde fue 職位 **?**

職位 在哪裡？

職位

el presidente general

會長

el vicepresidente general

副會長

el presidente

社長

el director general

事務理事

el director ejecutivo

常務理事

單字使用方法

以上5個單字皆可放在白色框框中，成為完整的句子喔！

職位 no está en su asiento ahora.

職位 現在不在座位上。

職位

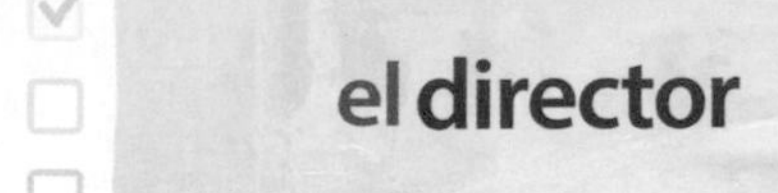
el director — 部長

el subdirector — 次長

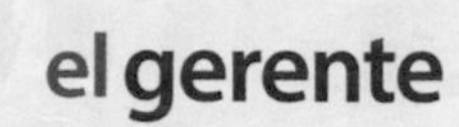
el gerente — 科長

el subgerente — 助理

el pasante — 實習生

單字使用方法

以上5個單字皆可放在白色框框中，成為完整的句子喔！

- 職位 **trabaja fuera de la oficina.**

  職位 外出工作了。

公司地點

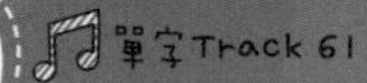

la empresa　公司

la sala de reuniones　會議室

la oficina　辦公室

la sala de descanso　休息室

la sala de servicio nocturno　值班室

單字使用方法

以上5個單字皆可放在白色框框中，成為完整的句子喔！例句Track 61

Él fue a 公司地點 **.**

他去 公司地點 了。

公司生活

單字Track 62

ha solicitado las vacaciones

申請休假

ha llegado tarde

遲到

no ha venido

缺勤

ha trabajado fuera de la oficina

外出工作

ha recibido el salario

拿薪水

單字使用方法

以上5個單字皆可放在白色框框中，成為完整的句子喔！ 例句Track 62

Él 公司生活 **hoy.**

他今天 公司生活 。

TIP〔參考P. 282附錄__現在完成式〕

公司生活

月 日

asistir a la reunión	開會
salir de la oficina	下班
llevar a cabo el proyecto	進行專案
firmar el contrato	簽約
escribir un informe	寫報告

單字使用方法

以上5個單字皆可放在白色框框中，成為完整的句子喔！

Tengo que 公司生活 **.**

我要 公司生活 。

公司生活

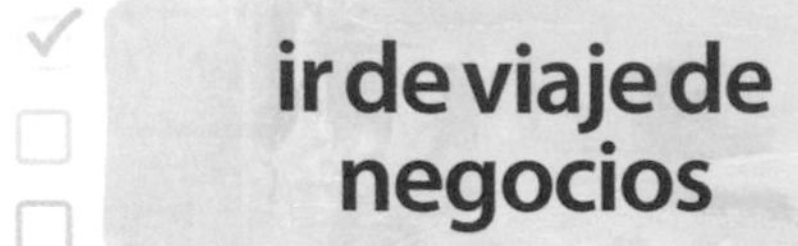

ir de viaje de negocios	出差
ir al trabajo	上班
cenar juntos	公司聚會
trabajar	工作
trabajar de noche	加班

單字使用方法

以上5個單字皆可放在白色框框中，成為完整的句子喔！

Tenemos que 公司生活 **mañana.**

我們明天要 公司生活 。

TIP: **tener que** + 動詞原形：要做～〔參考P. 279附錄_一定要記住的動詞表達〕

✔ 請找出和學校相關的單字，並走出迷宮。

正確答案

biblioteca | cancha de tenis | libro de texto | examen final | aula | dormitorio | estadio | laboratorio | graduarse | escuela

將單字使用方法的句子帶入會話中，go！go！

A ¿Dónde estás? 你在哪裡？

B Estoy en el aula. 我在教室。

A ¿Qué clase tienes hoy? 你今天有什麼課？

B Tengo clase de matemáticas hoy.
今天我有數學課。

A ¿Cuándo vas a tener examen? 什麼時候考試？

B No lo sé. 我也不知道。

A ¿Me puedes prestar un lápiz? 你可以借我原子筆嗎？

B Sí, aquí lo tienes. 好，在這裡。

將單字使用方法的句子帶入會話中，go！go！

A ¿Adónde fue el jefe? 組長去哪裡？

B Él fue a la sala de reuniones. 他去會議室。

A ¿Dónde está el director? 部長在哪裡？

B Él ha solicitado las vacaciones hoy.
他今天休假。

10 郊遊、約定

秋天好棒～太棒了～

行程

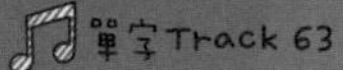

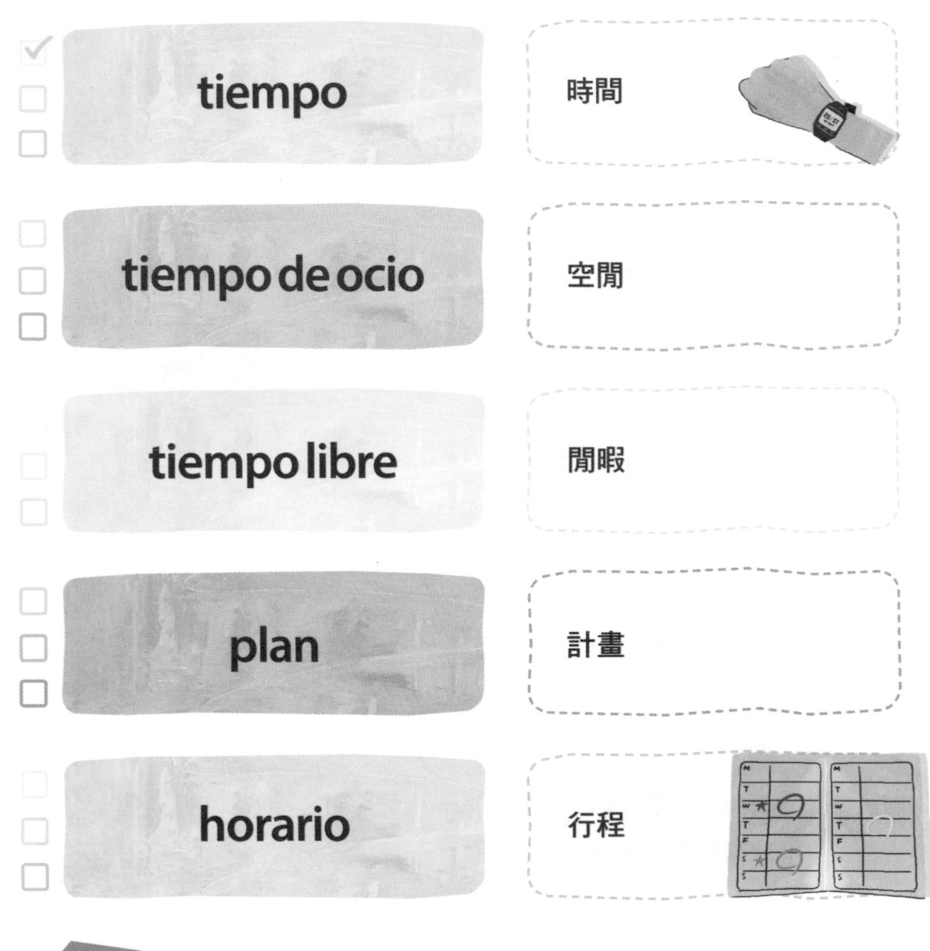

單字使用方法

以上5個單字皆可放在白色框框中，成為完整的句子喔！例句Track 63

¿Tiene 行程 el jueves?

您星期四有 行程 嗎？

行程

una cita	約定
un trabajo	工作
una reunión	聚會
un trabajo urgente	急事
una cita para tomar una copa	酒聚

單字使用方法

以上5個單字皆可放在白色框框中，成為完整的句子喔！

Tengo 行程 **mañana.**

我明天有 行程 。

行程

月 日

la capacitación
教育
la cita
約會
el evento
活動
la reunión
會面
la entrevista
面試

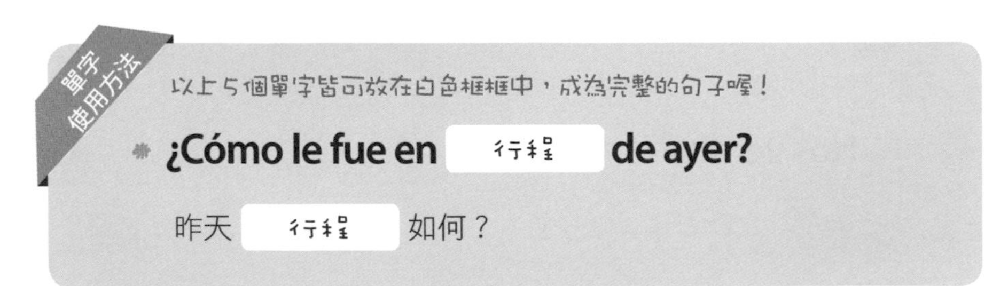
單字使用方法
以上5個單字皆可放在白色框框中，成為完整的句子喔！
¿Cómo le fue en 行程 de ayer?
昨天 行程 如何？

日期表達

單字Track 64

el lunes 星期一	el martes 星期二
el miércoles 星期三	el jueves 星期四
el viernes 星期五	el sábado 星期六
el domingo 星期日	la próxima semana 下週
el próximo mes 下個月	el próximo año 明年

單字使用方法

以上10個單字皆可放在白色框框中，成為完整的句子喔！ 例句Track 64

Nos vemos 日期表達 **.**

我們 日期表達 見面吧！

月　日

日期表達

la semana pasada
上週

esta semana
這週

el mes pasado
上個月

este mes
這個月

el año pasado
去年

el fin de semana
週末

el día libre
假日

el día de aniversario
紀念日

el día festivo
公休日

antes
以前

單字使用方法

以上 10個單字皆可放在白色框框中，成為完整的句子喔！

¿Nos hemos visto 日期表達 **?**

我們 日期表達 有見面嗎？

活動地點

單字Track 65

月　日

el cine

電影院

la galería de arte

美術館

el almacén

百貨公司

el centro comercial

購物中心

la cafetería

咖啡店

單字使用方法

以上5個單字皆可放在白色框框中，成為完整的句子喔！例句Track 65

¡Nos vemos en 活動地點 !

活動地點 見面吧！

活動地點

el gimnasio	健身房
el restaurante	餐廳
la tienda de conveniencia	便利商店
la tienda de regalos	商店
el supermercado	超市

單字使用方法

以上5個單字皆可放在白色框框中，成為完整的句子喔！

- **La cafetería está enfrente de 活動地點.**

咖啡店在 活動地點 對面。

TIP：注意發音：**de + el = del**

活動地點

el banco	銀行
la oficina de correos	郵局
la farmacia	藥局
el hospital	醫院
la tintorería	洗衣店

單字使用方法

以上5個單字皆可放在白色框框中，成為完整的句子喔！

Tengo que ir a 活動地點 **primero.**

我要先去 活動地點 。

TIP 注意發音：**a + el = al**

活動地點

網咖

la entrada

入口

la salida

出口

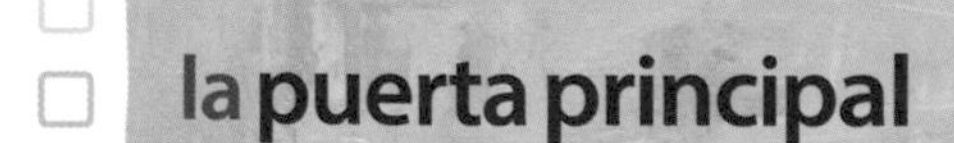

正門

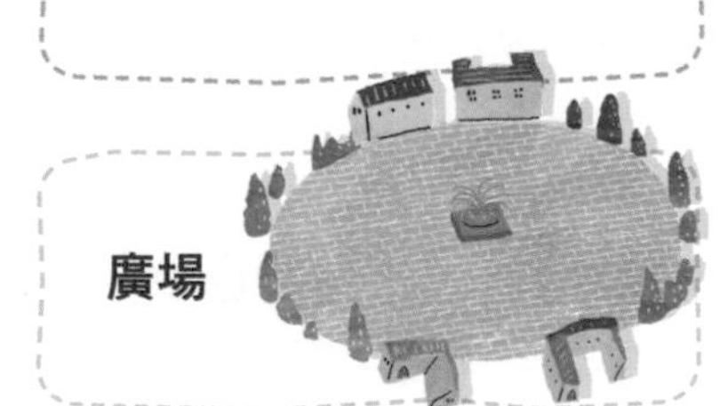

la plaza

廣場

單字使用方法

以上5個單字皆可放在白色框框中，成為完整的句子喔！

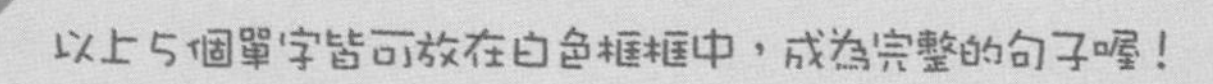

我們在 活動地點 見面吧！

自然景觀

單字Track 66

el cielo — 天空

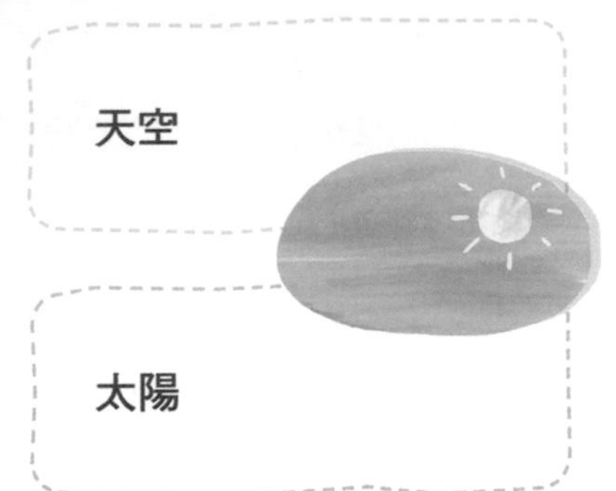

el sol — 太陽

la luna — 月亮

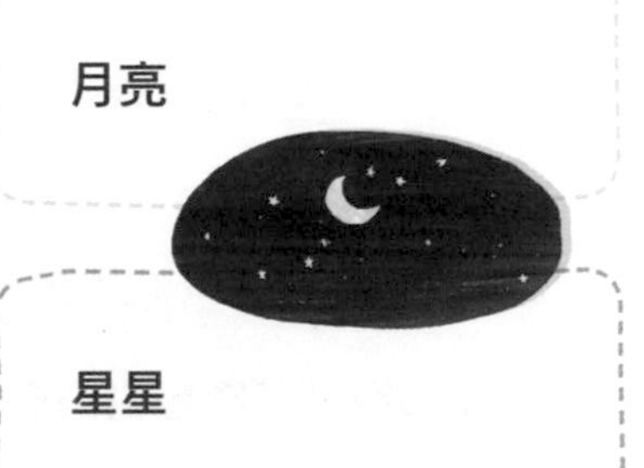

las estrellas — 星星

el crepúsculo — 晚霞

以上5個單字皆可放在白色框框中，成為完整的句子喔！例句Track 66

¡Mire 自然景觀 !

看一下那 自然景觀 ！

月　日

自然景觀

una montaña	山
un mar	海洋
un bosque	森林
un río	河
un valle	溪谷

單字使用方法

以上5個單字皆可放在白色框框中，成為完整的句子喔！

Nunca he visto 自然景觀 **tan hermoso(-a).**

我沒看過這麼漂亮的 自然景觀 。

TIP: 形容詞要和修飾的名詞性、數一致：**una montaña tan hermosa**

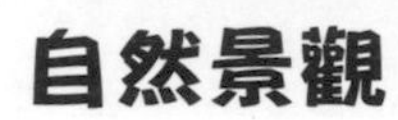

自然景觀

la salida del sol	日出
la puesta del sol	日落
el paisaje	風景
las hojas del otoño	楓葉
las flores	花

單字使用方法

以上5個單字皆可放在白色框框中，成為完整的句子喔！

Vamos a ver 自然景觀 este fin de semana.

這個週末去看 自然景觀 吧！

自然景觀

月　日

la playa　海邊

el arenal blanco　沙灘

la costa　海岸

el lago　湖

el prado　草原

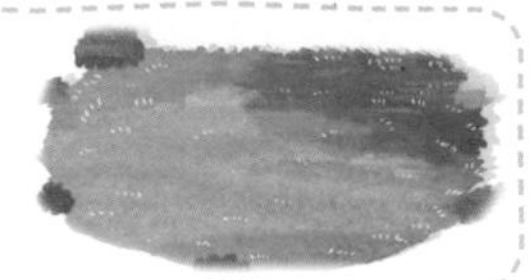

單字使用方法

以上5個單字皆可放在白色框框中，成為完整的句子喔！

Mire, ¡qué hermoso(-a) es 自然景觀 **.**

看一下，那 自然景觀 多漂亮！

TIP: 形容詞要和修飾的名詞性、數一致：陰性名詞「la playa. la costa」的形容詞要變成「hermosa」。

季節

單字Track 67

la primavera 春

el verano 夏

el otoño 秋

el invierno 冬

單字使用方法

以上4個單字皆可放在白色框框中，成為完整的句子喔！ 例句Track 67

Mi estación favorita es 季節 **.**

四季中我最喜歡 季節 。

天氣

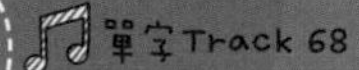

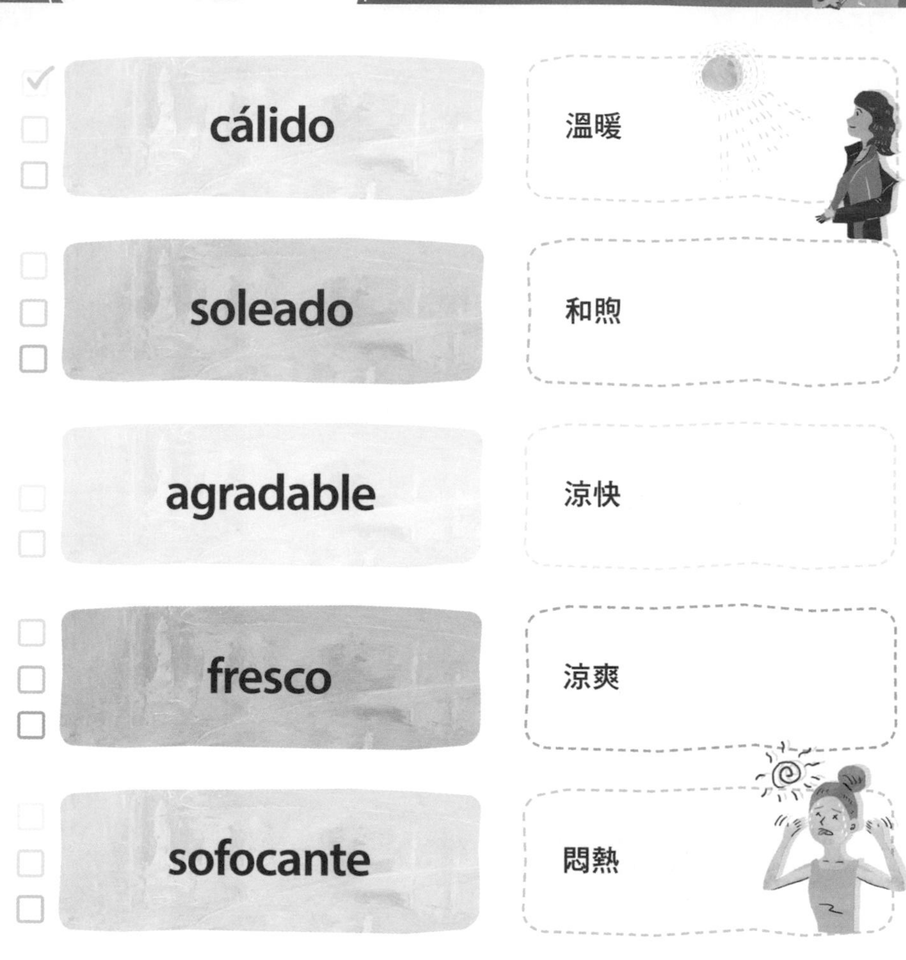

cálido	溫暖
soleado	和煦
agradable	涼快
fresco	涼爽
sofocante	悶熱

單字使用方法

以上5個單字皆可放在白色框框中，成為完整的句子喔！例句Track 68

Estos días el clima es muy 天氣 .

最近天氣很 天氣 。

天氣

caluroso	熱
frío	冷
seco	乾燥
húmedo	潮濕
malo	糟糕

單字使用方法

以上5個單字皆可放在白色框框中，成為完整的句子喔！

Estos días el clima es demasiado 天氣 .

最近幾天天氣非常 天氣 。

天氣

llueve	下雨
nieva	下雪
hace viento	吹風
hay muchas nubes	多雲
sopla viento amarillo	吹黃沙

單字使用方法

以上5個單字皆可放在白色框框中，成為完整的句子喔！

- En esta temporada 天氣 con frecuencia.

這個季節經常 天氣 。

天氣

está nublado	陰暗
hace sol	晴朗
hay truenos	打雷
hay relámpagos	閃電
hay un arco iris	出現彩虹

單字使用方法

以上5個單字皆可放在白色框框中，成為完整的句子喔！

Hoy aquí 天氣 **.**

今天這裡 天氣 。

天氣

chubasco	下陣雨
granizo	下冰雹
llovizna	下毛毛雨
niebla	起霧
tormenta	刮颱風

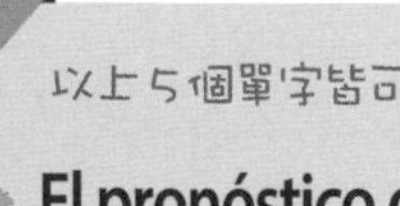

以上5個單字皆可放在白色框框中，成為完整的句子喔！

El pronóstico del tiempo dice que mañana habrá 天氣 **.**

天氣預報說明天會 天氣 。

TIP: **habrá** + 天氣相關名詞：將會（天氣）

✔ 請找出下方畫線單字對應的西班牙語。

我去了美術館。

可能因為是夏天，

天氣非常熱。

1 galería de arte

2 tienda de conveniencia

3 verano

4 otoño

5 sofocante

6 frío

正確答案

❶ galería de arte ❸ verano ❺ sofocante

將單字使用方法的句子帶入會話中，go！go！

A ¿Tienes tiempo el jueves? 星期四你有時間嗎？

B Sí. 有。

A Estupendo, entonces nos vemos el jueves.
太好了，那我們星期四見面吧。

B Vale, ¿dónde nos vemos? 好啊，在哪裡見面呢？

A ¡Nos vemos en el cine! 在電影院見吧！

B De acuerdo, hasta el jueves. 好，星期四見。

行程

日期表達

活動地點

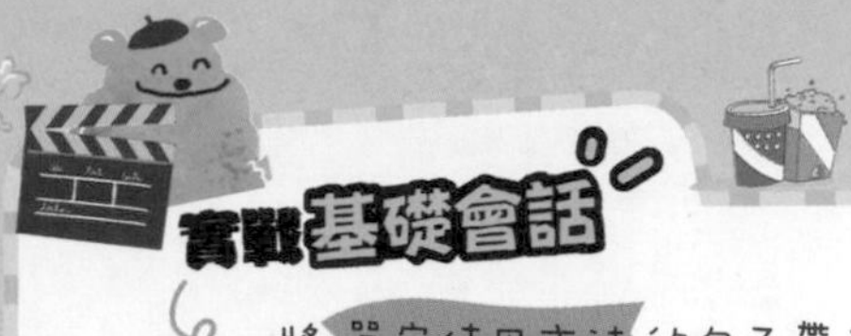

將單字使用方法的句子帶入會話中，go！go！

A ¡Mira el cielo! 你看一下天空！

B Wow, ¡qué hermoso! 哇，真漂亮！

A Entre cuatro estaciones, mi estación favorita es el otoño.
四季中我最喜歡秋天。

B También mi estación favorita es el otoño.
我也最喜歡秋天。

A Estos días el clima es muy fresco.
最近天氣很涼爽。

B Sí, es cierto. 對啊。

A Pero, en esta temporada hace viento con frecuencia.
不過，這個季節很常有颳風。

B Sí, es verdad. 沒錯。

11 旅行

月　日

搭乘相關表達

單字Track 69

un billete de avión 機票

un billete de ida y vuelta 往返票

un billete de ida 單程票

la comida en el vuelo 飛機餐

el producto libre de impuestos 免稅品

單字使用方法

以上5個單字皆可放在白色框框中，成為完整的句子喔！ 例句Track 69

¿Se puede reservar 搭乘相關表達 **?**

搭乘相關表達 可以預約嗎？

搭乘相關表達

reservar	預約
cambiar el billete	更改機票
cancelar el billete	取消機票
hacer una conexión	轉機
confirmar la reserva	確認預約

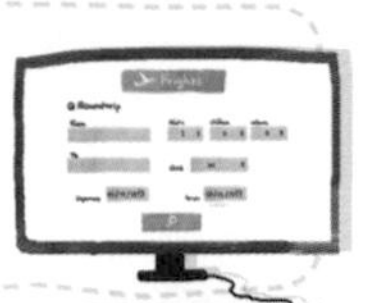

單字使用方法

以上5個單字皆可放在白色框框中，成為完整的句子喔！

¿Se puede 搭乘相關表達 **?**

可以 搭乘相關表達 嗎？

月 日

飛機座位

單字Track 70

un asiento	座位
un asiento de primera clase	頭等艙
un asiento de clase ejecutiva	商務艙
un asiento de clase turista	經濟艙
un asiento de salida de emergencia	緊急出口位置

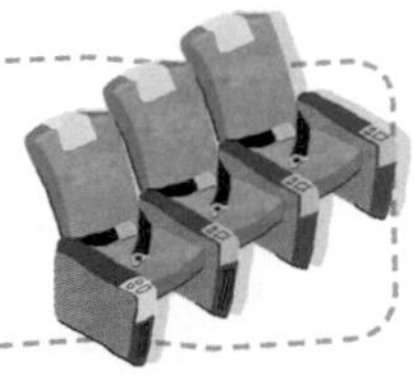

單字使用方法

以上5個單字皆可放在白色框框中，成為完整的句子喔！ 例句Track 70

¿Hay 飛機座位 en el vuelo para Madrid?

往馬德里的班機有 飛機座位 嗎？

TIP: 兩個座位 **dos asientos**

機內用品

單字Track 71

una manta	毯子
una revista	雜誌
unos auriculares	耳機
un vaso de papel	紙杯
unas zapatillas	拖鞋

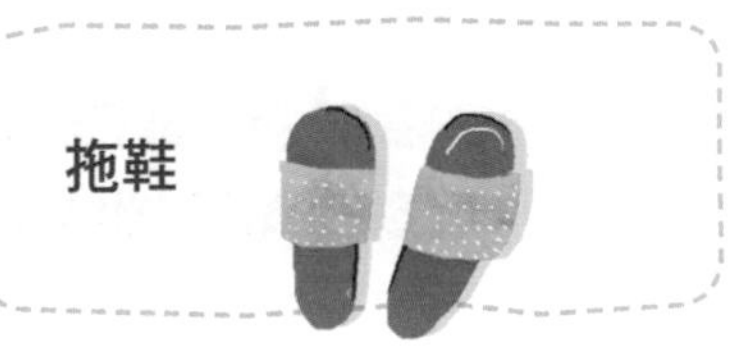

單字使用方法

以上5個單字皆可放在白色框框中，成為完整的句子喔！例句Track 71

¿Hay 機內用品 **?**

有 機內用品 嗎？

TIP: 耳機、拖鞋等是成對出現的名詞，因此要用複數的「**unos**、**unas**」。

機內用品

月 日

un antifaz para dormir	眼罩
unos tapones para los oídos	耳塞
un folleto	購物手冊
una tarjeta de inmigración	外國人入境卡
una declaración de aduana	海關申告書

單字使用方法

以上5個單字皆可放在白色框框中，成為完整的句子喔！

¿Podría traerme 機內用品 **?**

可以給我 機內用品 嗎？

TIP 耳塞是成對出現的名詞，因此要用複數的「**unos**」。

入境目的

單字Track 72

negocios	商務
estudios	留學
turismo	觀光
empleo en el extranjero	海外就業
visitar a parientes	拜訪親戚

單字使用方法

以上5個單字皆可放在白色框框中，成為完整的句子喔！例句Track 72

- **El propósito de mi visita es** 入境目的 **.**

我的入境目的是 入境目的 。

期間

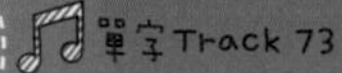

單字使用方法

以上5個單字皆可放在白色框框中，成為完整的句子喔！例句Track 73

Voy a quedarme 期間 **.**

我預計停留 期間 。

期間

una semana	一週
dos semanas	兩週
un mes	一個月
seis meses	六個月
un año	一年

單字使用方法

以上5個單字皆可放在白色框框中，成為完整的句子喔！

Ya ha(han) pasado 期間 **.**

已經過了 期間 。

TIP: 主語是單數的一週、一個月、一年時：**ha pasado**
主語是複數的兩週、六個月時：**han pasado**〔參考P. 282附錄＿現在完成式〕

客房狀態

單字Track 74

una habitación	房間
una habitación estándar	一般客房
una habitación individual	單人房
una habitación doble	雙床房
una suite	雙人房

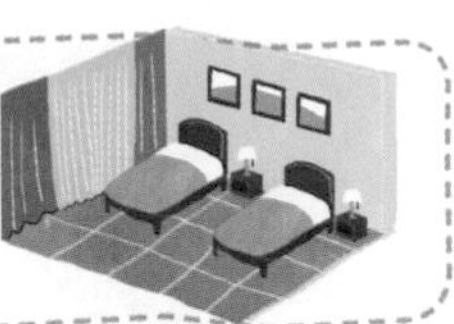

單字使用方法

以上5個單字皆可放在白色框框中，成為完整的句子喔！ 例句Track 74

Disculpe, ¿hay 客房狀態 ?

不好意思，請問有 客房狀態 嗎？

客房狀態

una habitación ejecutiva	商務房
una habitación para no fumadores	禁菸房
una habitación para fumadores	吸菸房
una habitación para varias personas	多人房
una habitación especial	特別房

以上5個單字皆可放在白色框框中，成為完整的句子喔！

* **Me gustaría reservar** 客房狀態 **.**

我想預約 客房狀態 。

附加設施

單字Track 75

un bar

酒店

un karaoke

KTV

un sauna

桑拿浴

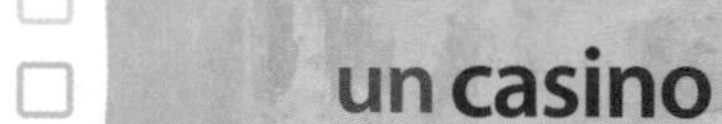

un casino

賭場

un salón de belleza

美容室

以上5個單字皆可放在白色框框中，成為完整的句子喔！例句Track 75

¿Hay 附加設施 en el hotel?

飯店有 附加設施 嗎？

環境描述

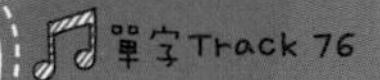

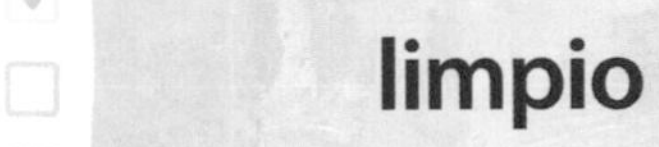

limpio	乾淨
tranquilo	安靜
amplio	寬敞
famoso	有名
agradable	爽快

以上5個單字皆可放在白色框框中，成為完整的句子喔！例句Track 76

- **Este hotel es muy** 環境描述 .

  這間飯店非常 環境描述 。

環境描述

sucia	髒亂
ruidosa	吵雜
estrecha	狹窄
normal	平凡、普通
rústica	陽春

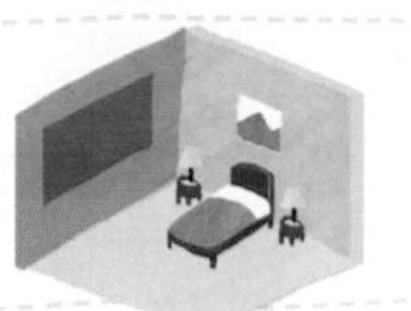

以上5個單字皆可放在白色框框中，成為完整的句子喔！

- **Esta es una habitación demasiado** 環境描述 **.**

這間房間太過 環境描述 。

環境描述

extraordinario	特別
único	獨特
horrible	恐怖
(estaba) aislado	偏遠
romántico	浪漫

單字使用方法

以上5個單字皆可放在白色框框中，成為完整的句子喔！

- **El hotel donde me alojé la vez pasada fue** 環境描述 **.**

  上次住的飯店相當 環境描述 。

TIP: **estaba aislado**：偏遠（不用動詞「**fue**」，要用「**estaba**」）

飯店服務

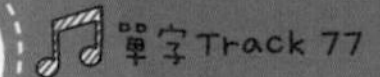

llamada de despertador	晨間喚醒服務
habitaciones	客房服務
limpieza de habitaciones	客房清潔
lavandería	乾洗
alquiler de coches	租車

單字使用方法

以上5個單字皆可放在白色框框中，成為完整的句子喔！例句Track 77

- **Me gustaría utilizar el servicio de** 飯店服務 **.**

我想使用 飯店服務 。

飯店服務

guardar el equipaje　存放行李

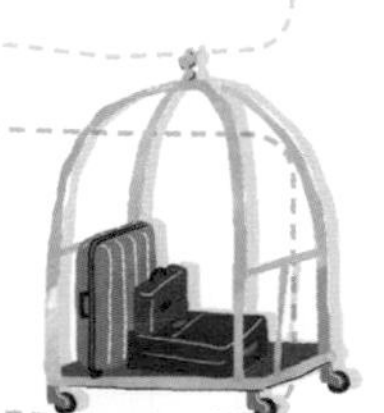

llevar el equipaje　運送行李

cambiar dinero　換錢

traducir　口譯

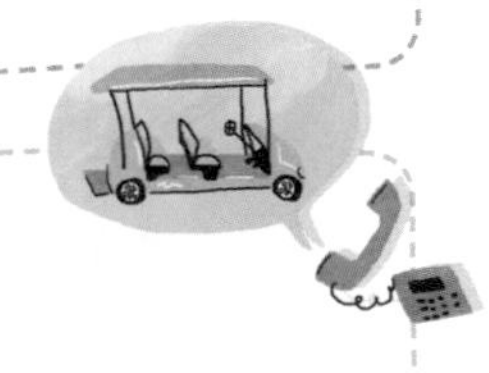

recoger　接送

以上5個單字皆可放在白色框框中，成為完整的句子喔！

¿Me podría 飯店服務 ?

可以幫忙 飯店服務 嗎？

✔ 請看寫好行程的行事曆，找出對應的西班牙語單字。

7月

Sun	Mon	Tue	Wed	Thu	Fri	Sat
	1	2	3	4	5	6
7	8	9 預約飯店的大間雙床房！	10	11 登記借車	12	13
14	15	16	17	18	19 去美國旅行！！♥	20
21	22	23	24	25	26	27
28	29	30	31			

目的 turisimo ¦ visitar a parientes ¦ estudios

期間 una semana ¦ tres días ¦ dos semanas

房間 habitación individual ¦ habitación doble ¦ suite

環境 limpio ¦ famoso ¦ amplio

服務 servicio de habitaciones ¦ servicio de alquiler de coches ¦ servicio de lavandería

正確答案

目的：**turismo** | 期間：**una semana** | 房間：**habitación doble** | 環境：**amplio** | 服務：**servicio de alquiler de coches**

♫會話 Track 11

實戰基礎會話

將單字使用方法的句子帶入會話中，go！go！

A ¿Se puede reservar un billete de avión? 可以預訂機票嗎？

B Sí, por supuesto. 可以。

A Entonces, ¿hay un asiento en el avión para Madrid?
那麼，往馬德里的班機有座位嗎？

B Sí, lo hay. 有的。

A ¿Hay una manta? 有毛毯嗎？

B Sí, espere un momento. 有，請稍等。

A ¿Cuál es el propósito de su visita? 請問入境目的是什麼？

B El propósito de mi visita es turismo. 我的入境目的是觀光。

A ¿Cuánto tiempo va a quedarse? 請問預計待多久呢？

B Voy a quedarme once días y diez noches.
預計待11天10夜。

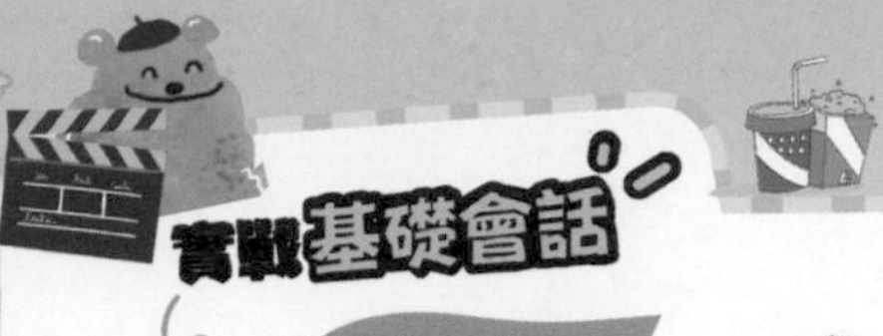

將單字使用方法的句子帶入會話中，go！go！

A Disculpe, ¿hay una habitación doble? 不好意思，請問有雙人房嗎？

B Sí, la hay. 有的。

A ¿Hay un sauna en el hotel?
請問飯店有桑拿浴嗎？

B Sí, lo hay. 有的。

A Este hotel es muy agradable. 這間飯店非常舒適。

C Sí, además está limpio. 對，而且很乾淨。

A Buenas tardes, 您好，

me gustaría utilizar el servicio de llamada de despertador.
麻煩晨間喚醒服務。（我想使用）

B Sí. 我知道了。

12 緊急狀況

請幫幫我!!

事件、事故

單字Track 78

Tengo un accidente
出事

Tengo una herida
受傷

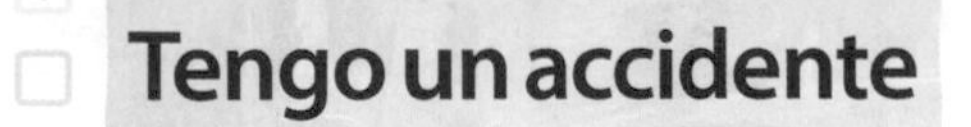

Tengo un accidente de coche
出車禍

Me han asaltado
被施暴

Me han robado la billetera
遭小偷

單字使用方法

以上5個單字皆可放在白色框框中，成為完整的句子喔！例句Track 78

* 事件、事故 .

我 事件、事故 了。

事件、事故

hay un incendio — 失火

he sido atropellado por un coche — 撞車

he perdido el tren — 錯過列車

tengo una avería del coche — 故障

me han estafado — 受騙

單字使用方法

以上5個單字皆可放在白色框框中，成為完整的句子喔！

* **Me ha pasado un desastre, 事件、事故 .**

不好了， 事件、事故 了。

個人物品

單字Track 79

mi pasaporte 護照

mis pertenencias 攜帶物品

mi maleta 旅行箱

mis joyas 鑽石

mi objeto de valor 貴重物品

單字使用方法

以上5個單字皆可放在白色框框中，成為完整的句子喔！例句Track 79

He perdido mi(mis) 個人物品 **.**

我把 個人物品 弄丟了。

TIP: 所有格（所有形容詞）：「**mi**我的」後方的名詞是複數時用「**mis**」。

個人物品

el palo para autofoto	自拍棒
la llave del coche	車鑰匙
la tarjeta de la habitación	房間鑰匙
el dinero	錢
la cámara	相機

以上5個單字皆可放在白色框框中，成為完整的句子喔！

- **No puedo encontrar** 個人物品 **.**

我找不到 個人物品 。

緊急表達

單字Track 80

¡Socorro!	請救救我！
¿Qué debo hacer?	怎麼了？
¡Le pido un favor!	拜託了！
¡Cuidado!	請小心。
¡Es una emergencia!	緊急狀況！

以上5個單字皆可放在白色框框中，成為完整的句子喔！例句Track 80

- 緊急表達

緊急表達

處理狀況表達

單字Track 81

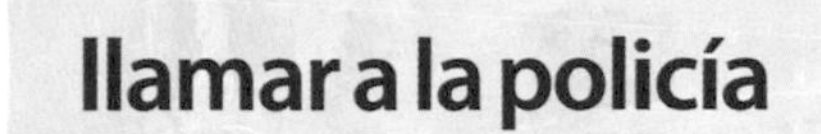

llamar a la policía	報警
informar la pérdida	掛失
llamar a una ambulancia	叫救護車
pedir socorro	要求救援
pedir ayuda	要求幫忙

以上5個單字皆可放在白色框框中，成為完整的句子喔！ 例句Track 81

¡Vamos a 處理狀況表達 pronto!

請快 處理狀況表達 ！

✔ 請找出對應題目情境的單字，並寫下數字。

❶ llamar a la policía
❷ llave del coche
❸ hay un incendio
❹ dinero
❺ maleta
❻ pasaporte
❼ ¡Socorro!
❽ ¡Cuidado!

正確答案

❶ llamar a la policía | ❸ hay un incendio | ❻ pasaporte | ❽ ¡Cuidado!

將單字使用方法的句子帶入會話中，go！go！

A Tengo un accidente. 大事不好了。

B ¿Qué le ha pasado? 有東西不見嗎？

A He perdido mi pasaporte. 我弄丟護照了。

B ¡Dios mío! 天啊！

B ¿Hay algo más que haya perdido?
有其他東西弄丟嗎？

A No lo sé. ¿Qué debo hacer? 不太清楚，怎麼辦？

B ¡Vamos a llamar a la policía pronto!
趕快報警！

A ¡Vale!, ¡tiene razón! 對，對！

附錄

冠詞
形容詞
名詞
人稱代名詞
副詞
動詞
疑問詞
連接詞
月日
日期
時間
介係詞
期間

冠詞

月　日

	定冠詞		不定冠詞	
	單數	複數	單數	複數
陽性	**el libro** （那）書	**los libros** （那）些書	**un libro** （一本、怎樣的）書	**unos libros** （幾本）書
陰性	**la mesa** （那）桌子	**las mesas** （那）些桌子	**una mesa** （一張、怎樣的）桌子	**unas mesas** （幾張）桌子

月　日

名詞

1 名詞的性和數

陽性	單數	**Él es profesor.** 他是教授。
	複數	**Ellos son profesores.** 他們是教授。
陰性	單數	**Ella es profesora.** 她是教授。
	複數	**Ellas son profesoras.** 她們是教授。

2 無法計算的物質名詞表達 ＊單數／複數

	單數	複數
水杯	un **vaso** de agua 一杯水	dos **vasos** de agua 兩杯水
咖啡杯	una **taza** de café 一杯咖啡	dos **tazas** de té verde 兩杯綠茶
紅酒杯	una **copa** de vino 一杯紅酒	dos **copas** de vino 兩杯紅酒
瓶子	una **botella** de agua 一瓶水	dos **botellas** de cerveza 兩罐啤酒
罐頭	una **lata** de atún 一個鮪魚罐頭	seis **latas** de cerveza 啤酒六罐
組、套	un **juego** de vajilla 一組餐具組	dos **juegos** de sábanas 兩組床單
塊、片、團	un **trozo** de pan 一塊麵包	dos **trozos** de tarta 兩塊蛋糕
雙	un **par** de calcetines 一雙襪子	dos **pares** de zapatos 兩雙襪子
紙張	una **hoja** de papel 一張紙	dos **hojas** de papel 兩張紙
(牛奶、果汁) 罐 (香菸) 條	un **cartón** de leche 一罐牛奶	dos **cartones** de tabaco 兩條菸
(香菸) 盒	una **cajetilla** de tabaco 一盒香菸	dos **cajetillas** de tabaco 兩盒菸

形容詞

1 形容詞的性和數表達

以「-o」結尾的形容詞有性變化、數變化。

陽性	單數	cansado	El camarero está cansado. 男服務員疲勞。
	複數	cansados	Los camareros están cansados. 男服務員們疲勞。
陰性	單數	cansada	La camarera está cansada. 女服務員疲勞。
	複數	cansadas	Las camareras están cansadas. 女服務員們疲勞。

非以「-o」結尾的形容詞只有數變化。

陽性	單數	triste	El camarero está triste. 男服務員難過。
	複數	tristes	Los camareros están tristes. 男服務員們難過。
陰性	單數	triste	La camarera está triste. 女服務員難過。
	複數	tristes	Las camareras están tristes. 女服務員們難過。

人稱代名詞

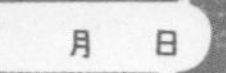

		主格	所有格（所有形容詞）
單數	第一人稱	**yo** 我	**mi** 我的
	第二人稱	**tú** 你	**tu** 你的
	第三人稱	**él** 他	**su** 他的、她的、您的
		ella 她	
		usted(Ud.) 您	
複數	第一人稱	**nosotros(-as)** 我們	**nuestro(-a)** 我們的
	第二人稱	**vosotros(-as)** 你們	**vuestro(-a)** 你們的
	第三人稱	**ellos** 他們	**su** 他們的、她們的、您們的
		ellas 她們	
		ustedes(Uds.) 您們	

動詞

月　日

1 動詞　ser（是）、estar（有）

人稱代名詞	ser 是～	estar 有
Yo	soy	estoy
Tú	eres	estás
Él		
Ella	es	está
Usted		
Nosotros	somos	estamos
Vosotros	sois	estáis
Ellos		
Ellas	son	están
Ustedes		

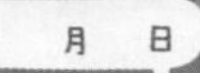

2 動詞變化現在式

-ar型名詞

人稱代名詞	hablar 說	comprar 買	desayunar 吃早餐	cenar 吃晚餐
Yo	hablo	compro	desayuno	ceno
Tú	hablas	compras	desayunas	cenas
Él				
Ella	habla	compra	desayuna	cena
Usted				
Nosotros	hablamos	compramos	desayunamos	cenamos
Vosotros	habláis	compráis	desayunáis	cenáis
Ellos				
Ellas	hablan	compran	desayunan	cenan
Ustedes				

動詞

月 日

-er型名詞

人稱代名詞	comer 吃	vender 賣	beber 喝	entender 了解
Yo	como	vendo	bebo	entiendo
Tú	comes	vendes	bebes	entiendes
Él				
Ella	come	vende	bebe	entiende
Usted				
Nosotros	comemos	vendemos	bebemos	entendemos
Vosotros	coméis	vendéis	bebéis	entendéis
Ellos				
Ellas	comen	venden	beben	entienden
Ustedes				

月 日

-ir型名詞

人稱代名詞	vivir 住	subir 往上	abrir 開	recibir 收
Yo	vivo	subo	abro	recibo
Tú	vives	subes	abres	recibes
Él Ella Usted	vive	sube	abre	recibe
Nosotros	vivimos	subimos	abrimos	recibimos
Vosotros	vivís	subís	abrís	recibís
Ellos Ellas Ustedes	viven	suben	abren	reciben

月　日

❸ 常用不規則動詞

人稱代名詞	tener 帶	ir 去	venir 來	querer 希望	poder 可以～
Yo	tengo	voy	vengo	quiero	puedo
Tú	tienes	vas	vienes	quieres	puedes
Él					
Ella	tiene	va	viene	quiere	puede
Usted					
Nosotros	tenemos	vamos	venimos	queremos	podemos
Vosotros	tenéis	vais	venís	queréis	podéis
Ellos					
Ellas	tienen	van	vienen	quieren	pueden
Ustedes					

動詞

4 一定要記住的動詞表達

ir a + 動詞原形：要去～	tener que + 動詞原形：要做～
Yo voy a ir a Madrid. 我要去馬德里。	**Yo tengo que desayunar mucho.** 我要吃很多早餐。
Tú vas a comer comida española. 你會吃西班牙料理。	**Tú tienes que lavarte las manos.** 你要洗手。
Él va a ir a China. 他會去中國。	**Él tiene que trabajar de noche hoy.** 他今天加班。
Ella va a ir al banco. 他會去銀行。	**Ella tiene que firmar el contrato mañana.** 她明天要簽約。
¿Adónde usted va a ir? 您要去哪裡？	**Usted tiene que llegar a tiempo.** 您要準時抵達。
Nosotros vamos a cenar juntos hoy. 我們要去公司聚餐。	**Nosotros tenemos que comprar regalos.** 我們要買禮物。
¿Cuándo vais a cenar (vosotros)? 你們什麼時候去吃晚餐？	**Vosotros tenéis que partir hoy.** 你們今天要出發。

月 日

動詞

ir a + 動詞原形：要去～	tener que + 動詞原形：要做～
Ellos van a visitar el museo. 他們要去博物館。	**Ellos tienen que salir de la oficina ahora.** 他現在要下班。
Ellas van a viajar por España. 她們要去西班牙旅行。	**Ellas tienen que limpiar la habitación.** 她要打掃房間。
¿Cuándo van a viajar ustedes? 您們什麼時候去旅行？	**Ustedes tienen que partir a las ocho.** 您們八點要出發。

動詞

月　日

querer + 動詞原形：希望做～	poder + 動詞原形：可以～
Yo no quiero comer postre. 我不想吃點心。	**Yo no puedo hablar español.** 我不會説西班牙語。
¿Quieres ir al cine? 你想去電影院嗎？	**¿Puedes hablar español?** 你會説西班牙語嗎？
Él quiere comer comida china. 他想吃中國料理。	**Él puede comer con nosotros.** 他可以和我們一起吃飯。
Ella quiere ir al museo. 她想去博物館。	**Ella puede hablar muy bien el inglés.** 她英文説得很好。
¿Quiere (usted) beber cerveza? 您想喝啤酒嗎？	**¿Usted puede venir hoy?** 您今天可以來嗎？
Nosotros queremos descansar. 我們想休息。	**Nosotros podemos comprar ropa aquí.** 我們可以在這裡買衣服。
¿Qué queréis hacer vosotros? 你們想做什麼？	**Vosotros podéis ir al cine.** 你們可以去電影院。
Ellos quieren ir al restaurante. 他們想去餐廳。	**Ellos pueden jugar al golf.** 他們會打高爾夫球。
Ellas quieren ir al sauna. 他們想去洗桑拿浴。	**Ellas pueden cocinar el bulgogui.** 他們會烤肉。
¿Qué quieren comer ustedes? 您們想吃什麼？	**Ustedes pueden comprar regalos allí.** 您們可以在那裡買禮物。

5 現在完成式（haber＋過去分詞）

人稱代名詞	haber + -ado/-ido		已經～了、曾經～
Yo	he	probado	**la paella.** 我吃過西班牙海鮮飯。
Tú	has	limpiado	**la casa.** 你已經打掃家裡了啊！
Él			**cerveza.** 他喝了啤酒。
Ella	ha	bebido	**café.** 她喝了咖啡。
Usted			**té negro.** 您喝了紅茶啊！
Nosotros	hemos	comido	**jamón.** 我們吃了西班牙火腿。
Vosotros	habéis	comido	**espagueti.** 你們吃了義大利麵啊！
Ellos			**en Madrid.** 他們住過馬德里。
Ellas	han	vivido	**en Seúl.** 她們住過首爾。
Ustedes			**en Japón.** 您們住過日本啊！

6 現在進行式（eatar＋過去分詞）

人稱代名詞	estar + -ando/-iendo		正在～、在～
Yo	estoy	probando	la paella. 我想試吃西班牙海鮮飯。
Tú	estás	limpiando	la casa. 你正在打掃家裡啊！
Él			cerveza. 他正在喝啤酒。
Ella	está	bebiendo	café. 她喝了咖啡。
Usted			té negro. 您正在喝紅茶啊！
Nosotros	estamos	comiendo	jamón. 我們正在吃西班牙火腿。
Vosotros	estáis	comiendo	espagueti. 你們正在吃義大利麵啊！
Ellos			su dirección. 他們在寫地址。
Ellas	están	escribiendo	su nombre. 她們在寫名字。
Ustedes			la carta. 您們在寫信啊！

月 日

疑問詞

¿qué?	什麼 (=what)	¿Qué va a comprar? 你要買什麼呢？
¿cuál? ¿cuáles?	哪個 (=which)	¿Cuál es su número de habitación? 你的房間號碼是多少？
¿quién? ¿quiénes?	誰 (=who)	¿Quién es ella? 她是誰？
¿cuánto? ¿cuántos? ¿cuánta? ¿cuántas?	多少 (=how many, how much)	¿Cuánto cuesta un kilo de carne de vaca? 牛肉一公斤多少？ ¿Cuántos años tiene usted? 您幾歲呢？
¿cuándo?	什麼時候 (=when)	¿Cuándo vamos a cenar? 我們什麼時候吃晚餐？
¿dónde?	哪裡 (=where)	¿Dónde vive usted ahora? 您現在住在哪裡？
¿cómo?	如何 (=how)	¿Cómo están sus padres? 父母過得如何呢？
¿por qué?	為什麼 (=why)	¿Por qué ella está triste? 她為什麼難過呢？

副詞

muy	非常	Esta comida es **muy** deliciosa. 這道料理非常美味。
bien	很	Ella habla inglés muy **bien**. 她的英文很厲害。
mal	不好地	Estoy muy **mal**. 我身體非常不好。
un poco	有點	Este vestido es **un poco** grande. 這套裝有點大。
más	更、最	La sandía es **más** cara que la manzana. 西瓜比蘋果更貴。
ya	已經	**Ya** llevo tres años trabajando aquí. 我在這裡工作已經三年了。
todavía	已經	**Todavía** no tengo cincuenta años. 我還沒五十歲。
todos los días	每天	Él hace ejercicio **todos los días**. 他每天運動。
todo el día	整天	El domingo voy a dormir **todo el día**. 星期天我要睡一整天。
nunca	從未	**Nunca** he estado en África. 我還沒去過非洲。

月 日

siempre	總是	**Ella siempre llega tarde.** 她總是遲到。
a veces	有時候	**A veces tomo café aquí.** 我有時候在這裡喝咖啡。
tal vez (=quizá)	也許	**Tal vez no tengo tiempo este fin de semana.** 這個週末也許我也沒空。
otra vez	再次	**Está lloviendo otra vez.** 再次下雨了。
una vez	一次	**Ella va al cine una vez a la semana.** 她一週去電影院一次。
más o menos	大約	**Se tarda más o menos veinte minutos en llegar a la estación de metro.** 到地鐵站大約花20分鐘。
solo	獨自	**Yo voy a ir de vacaciones solo.** 我要獨自休假。
solo	只有	**Yo como solo carne de vaca.** 我只吃牛肉。
temprano	提早	**No me gusta levantarme temprano.** 我討厭早起。

副詞

月 日

tarde	延遲地	Nunca he llegado tarde en mi vida. 我這輩子沒有遲到過。
rápido	快地	Ella habla muy rápido. 她說得很快。
despacio	慢地	Hay que comer despacio. 吃飯要慢慢吃。
más tarde	之後	Te llamo más tarde. 我之後打給你。
ahora	現在	¿Qué vamos a hacer ahora? 我們現在要做什麼？
después	之後	Vamos a hablar de eso después. 我們之後來談那個吧。
pronto	馬上	El tren va a llegar pronto. 火車即將抵達。
estos días	最近	Estos días el clima es seco. 最近天氣很乾燥。
mucho	許多	Yo no voy a cenar mucho. 我晚餐吃不多。
también	也	A él también le gusta el helado. 他也喜歡冰淇淋。

副詞

bastante	充分、相當	Hace bastante frío. 天氣相當冷。
súper	十分	El coche es súper rápido. 那台車非常快。
normalmente	通常、一般	¿Qué hace usted normalmente en las vacaciones? 你放假通常做什麼？
a menudo	經常	¿Qué tan a menudo vas a la playa? 多常去海邊？
con frecuencia	經常	Voy a la biblioteca con frecuencia. 我常去圖書館。
aquí	這裡	Yo no vivo aquí. 我不住在這裡。
allí	那裡	El banco ya no está allí. 銀行現在不在那。
a tiempo	準時	Voy a llegar a la reunión a tiempo. 我會準時參加會議。
sin duda	確實	Sin duda ella es médica. 她確實是醫生。

連接詞

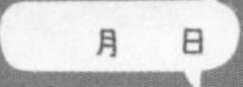

y	和～	**Ella y yo somos amigos.** 她和我是朋友。
ni	也不～	**No fumo ni bebo ni voy a fiestas.** 我不抽菸、不喝酒，也不去派對。
pero	然而	**Es una novela corta, pero es interesante.** 雖然是短篇小說，但很有趣。
no~sino	不是～	**El problema no es el dinero sino el tiempo.** 問題不是錢，而是時間。
porque	因為～	**Ella no puede ir conmigo porque está enferma.** 因為她不舒服，所以不能和我去。
si	萬一～的話	**Si el autobús no llega, voy a tomar un taxi.** 公車沒來的話，我就搭計程車。
o	或者、或是	**¿Quiere café o té negro?** 要喝咖啡，還是喝紅茶？
por eso	所以	**Tengo mucha hambre, por eso voy al restaurante.** 我肚子餓，所以去餐廳。

介係詞

a	地點～	**¿Cómo puedo llegar a la estación de metro?** 地鐵站怎麼去？
de	從～開始	**Yo soy de Corea.** 我從韓國來。（韓國人）
de	～的	**El señor no es uno de nosotros.** 那位紳士不是我們的人。（並非同行的人。）
en	在～	**Hay mucha gente en la plaza.** 廣場有很多人。
por	為了～、 因為～	**Lo voy a hacer por ti.** 我為了你要做那個。
por	依據～	**Don Quijote está escrito por Cervantes.** 唐吉訶德是塞凡提斯寫的。
para	為了～	**Este regalo es para ti.** 這個禮物是給你的。
con	和～一起	**Voy a viajar con mi mejor amigo.** 我要和我最要好的朋友去旅行。
sin	沒有～	**Quiero una hamburguesa sin cebolla.** 我想要沒有洋蔥的漢堡。

介係詞

月 日

desde	從～	Estoy trabajando aquí desde 2010. 我從2010年開始在這裡工作。
hasta	到～	Voy en metro hasta el hotel. 我搭電車到飯店。
entre	～之間	¿Cuál es la diferencia entre colesterol bueno y colesterol malo? 好膽固醇和壞膽固醇的差異是什麼？
hacia	朝向～	Estoy caminando hacia el norte. 我正朝北邊走。
sobre	關於～	Tengo una pregunta sobre el accidente. 我有關於事故的疑問。
sobre	～上面	Los platos y la comida están sobre la mesa. 盤子和菜在桌子上。
contra	反對、違反～	Es contra las reglas. 違反規則。
excepto	除了～	Trabajo cada día excepto los lunes. 我除了星期一以外，每天都工作。
incluso	連～	Yo trabajo incluso el domingo. 我連星期日也工作。

介係詞

antes de	～之前	Me lavo las manos antes de comer. 我吃飯前洗手。
después de	～之後	Me lavo los dientes después de comer. 我吃飯後刷牙。
enfrente de	～前、對面	La tienda está enfrente del banco. 商店在銀行前面。
delante de	～前面	El coche está delante de ustedes. 車就在你們前面。
detrás de	～的後面	El niño está detrás de la puerta. 小朋友們在門後面。
dentro de	～裡面、 ～之內	Va a llover dentro de poco. 即將要下雨。
fuera de	～的外面	Él está fuera de casa. 他在家外。
cerca de	接近～	El guía vive cerca de Madrid. 導遊住在馬德里附近。
lejos de	遠離～	Yo vivo lejos de aquí. 我住得離這很遠。

時間

月 日

秒	15分	30分	45分	55分
segundo	quince minutos	treinta minutos	cuarenta y cinco minutos	cincuenta y cinco minutos

月、星期

1~12月

enero 1月	febrero 2月	marzo 3月
abril 4月	mayo 5月	junio 6月
julio 7月	agosto 8月	septiembre 9月
octubre 10月	noviembre 11月	diciembre 12月

星期

• Sunday domingo 星期日	• Monday lunes 星期一	• Tuesday martes 星期二	• Wednesday miércoles 星期三
	• Thursday jueves 星期四	• Friday viernes 星期五	• Saturday sábado 星期六

日期

1~31日

Sunday	Monday	Tuesday	Wednesday	Thursday	Friday	Saturday
1 uno 1日	2 dos 2日	3 tres 3日	4 cuatro 4日	5 cinco 5日	6 seis 6日	7 siete 7日
8 ocho 8日	9 nueve 9日	10 diez 10日	11 once 11日	12 doce 12日	13 trece 13日	14 catorce 14日
15 quince 15日	16 dieciséis 16日	17 diecisite 17日	18 dieciocho 18日	19 diecinueve 19日	20 veinte 20日	21 veintiuno 21日
22 veintidós 22日	23 veintitrés 23日	24 veinticuatro 24日	25 veinticinco 25日	26 veintiséis 26日	27 veintisiete 27日	28 veintiocho 28日
29 veintinueve 29日	30 treinta 30日	31 treinta y uno 31日				

期間

月 日

小時	天	週	月
una hora 1小時	un día 1天	una semana 1週	un mes 1個月
dos horas 2小時	dos días 2天	dos semanas 2週	dos meses 2個月
tres horas 3小時	tres días 3天	tres semanas 3週	tres meses 3個月
cuatro horas 4小時	cuatro días 4天	cuatro semanas 4週	cuatro meses 4個月
cinco horas 5小時	cinco días 5天	cinco semanas 5週	cinco meses 5個月
seis horas 6小時	seis días 6天	seis semanas 6週	seis meses 6個月 medio año 半年
siete horas 7小時	siete días 7天	siete semanas 7週	siete meses 7個月
ocho horas 8小時	ocho días 8天	ocho semanas 8週	ocho meses 8個月
nueve horas 9小時	nueve días 9天	nueve semanas 9週	nueve meses 9個月
diez horas 10小時	diez días 10天	diez semanas 10週	diez meses 10個月
once horas 11小時	once días 11天	once semanas 11週	once meses 11個月
doce horas 12小時	doce días 12天	doce semanas 12週	doce meses 12個月

★特別收錄

西班牙語單字總測驗

單字總測驗

月　日

學完前面的西班牙語單字後，讓我們自我測驗看看是否都已認識以下這些常見單字吧！請用手或遮字卡，將以下單字的「中文」蓋住，測試自己能不能答出該單字的中文意思。

01	la una y cuarto	1點15分
02	descansando	休息
03	plátano	香蕉
04	fruta	水果
05	uva	葡萄
06	maíz	玉米

單字總測驗

07	berenjena	茄子
08	el salmón	鮭魚
09	el cóctel	雞尾酒
10	agua mineral	礦泉水
11	la escuela	學校
12	el llavero	鑰匙圈

單字總測驗

月 日

13
el jabón
肥皂
14
un papel de baño
衛生紙
15
un aeropuerto
機場
16
avión
飛機
17
piña
鳳梨
18
durmiendo
睡覺

月 日

19 maquillándose 化妝

20 desayunando 吃早餐

21 las gafas 眼鏡

22 el pijama 睡衣

23 el cepillo de dientes 牙刷

24 azúcar 砂糖

單字總測驗

月 日

25 condimento 調味料

26 estantería 書桌

27 tocador 化妝台

28 silla 椅子

29 vaqueros 牛仔褲

30 traje 西裝

月 日

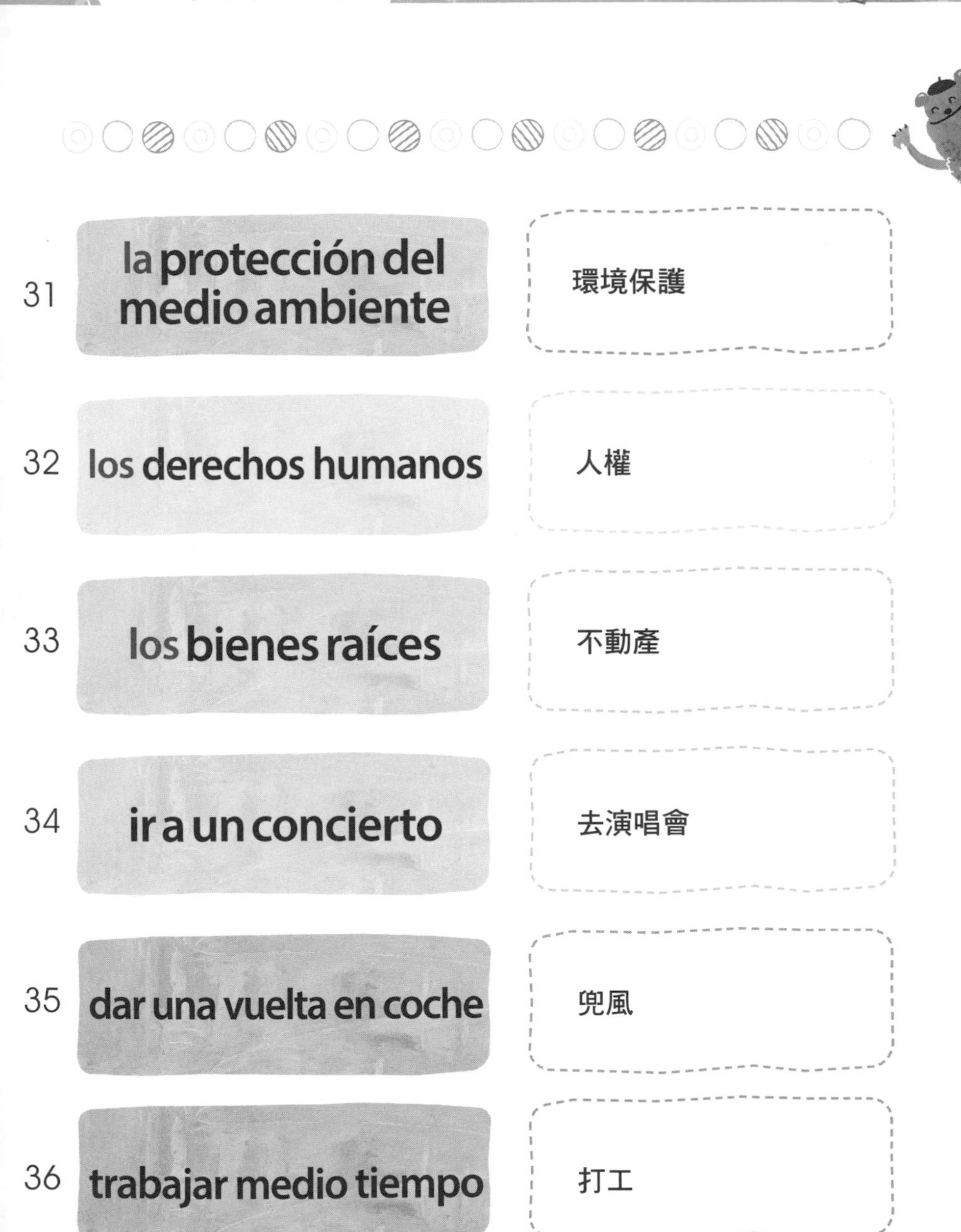
31
la protección del medio ambiente
環境保護
32
los derechos humanos
人權
33
los bienes raíces
不動產
34
ir a un concierto
去演唱會
35
dar una vuelta en coche
兜風
36
trabajar medio tiempo
打工

外語學習 系列 004

全方面破解西班牙語基礎單字

獨家遮字卡╳百搭例句╳實戰對話的必勝「三」步曲

81種日常生活情境，讓你輕鬆聽、說、使用西班牙語！

作　　者　黃淳養（Hwang Soon Yang）
譯　　者　Joung
顧　　問　曾文旭
社　　長　王毓芳
編輯統籌　黃璽宇、耿文國
主　　編　吳靜宜
執行主編　潘妍潔
執行編輯　吳芸蓁、吳欣容、范筱翎
美術編輯　王桂芳、張嘉容
法律顧問　北辰著作權事務所　蕭雄淋律師、幸秋妙律師

初　　版　2023年8月
出　　版　捷徑文化出版事業有限公司——資料夾文化出版
電　　話　（02）2752-5618
傳　　真　（02）2752-5619

定　　價　新台幣499元／港幣166元
產品內容　1書

總 經 銷　采舍國際有限公司
地　　址　235 新北市中和區中山路二段366巷10號3樓
電　　話　（02）8245-8786
傳　　真　（02）8245-8718

港澳地區總經銷　和平圖書有限公司
地　　址　香港柴灣嘉業街12號百樂門大廈17樓
電　　話　（852）2804-6687
傳　　真　（852）2804-6409

本書部分圖片由freepik圖庫提供。

捷徑Book站

本書如有缺頁、破損或倒裝，
請聯絡捷徑文化出版社。

國家圖書館出版品預行編目資料

全方面破解西班牙語基礎單字,獨家遮字卡X百搭例句X實戰對話的必勝「三」步曲／黃淳養（Hwang Soon Yang）著. -- 初版. -- 臺北市：捷徑文化──資料夾文化, 2023.08
面；　公分
ISBN 978-626-7116-39-5(平裝)
1.CST: 西班牙語　2.CST: 讀本
804.78　　112011465